碧清的河

沙黑 著

中国民族文化出版社
北 京

图书在版编目（CIP）数据

碧清的河 / 沙黑著. — 北京：中国民族文化出版社有限公司，2021.5
（海陵红粟文学丛书）
ISBN 978-7-5122-1471-2

Ⅰ.①碧… Ⅱ.①沙… Ⅲ.①散文集—中国—当代 Ⅳ.①I267

中国版本图书馆CIP数据核字（2021）第086922号

碧清的河

作　　者：	沙　黑
责任编辑：	赵秀村
出 版 者：	中国民族文化出版社　地址：北京东城区和平里北街14号
	邮编：100013　联系电话：010-84250639　64211754（传真）
印　　装：	三河市金元印装有限公司
开　　本：	710mm×1000mm　1/16
印　　张：	13.5
字　　数：	200千
版　　次：	2021年8月第1版第1次印刷
标准书号：	ISBN 978-7-5122-1471-2
定　　价：	49.80元

版权所有　侵权必究

海陵红粟文学丛书编辑委员会

主　任：刘　燕　王健军

顾　问：子　川　刘仁前　庞余亮

主　编：薛　梅

副主编：徐同华　王玉蓉

编　辑：毛一帆　孙　磊

前 言

红粟作为海陵的人文符号，流传已逾千年。

海陵人文荟萃，"儒风之盛，夙冠淮南"，历史上一直是文化昌盛之地，有着深厚的传统文化底蕴，素有"汉唐古郡、淮海名区"之称。香粳炊熟泰州红，随着岁月的流逝，海陵地域和空间面貌发生了沧桑之变，却遮掩不住海陵文化的神韵飞扬，这为文学创作提供了丰富的精神滋养和灵感源泉。平原鹰飞过，街民走过，花丛也作姹紫嫣红开遍，从这里走出的小说家、散文家、诗人、评论家，无不用自己的笔讴歌家乡的美丽，书写人生的梦想，彰显海陵与时俱进、开拓向前的文化力量。海陵之仓，储积靡穷的不只是红粟，海陵人还以文学的方式，记录多姿多彩的形态与品性，标记一代又一代海陵人的辛勤探索与不断创新。因为执着，故而海陵历经沧桑而风采依然。

文学的生命力或许就在于这样繁衍不绝、生生不息地传承与开拓。2015年海陵区文联成立十周年之际，海陵区曾集萃本土十二位作家，推出一辑十二卷的海陵文学丛书。著名作家、江苏省作家协会原主席范小青为之作序，她指出这套书"不仅是一个'区'的文学，更是地级市泰州乃至江苏省文学的一个缩影。为此，我们有更多的期待"。如今五年已过，而这份期待还在，海陵文学也在这份期待中奔腾不息地流淌和前进，大潮犹涌，后浪已来，那份律动依旧，我们也能从中感受到文字的力量和写作的意义。"海陵红粟文学丛书"的推出就是对此的检验，一辑十册，分别是：

《碧清的河》　　　　沙　黑

《青藜》　　　　　　刘渝庆

《日涉居笔记》　　　李晓东

《草木底色》　　　　王太生

《雪窗煨芋》　　　　陈爱兰

《本色·爱》	董小潭
《船歌》	于俊萍
《泰州先生》	徐同华
《纸面留鸿》	李敬白
《长住美与深情里》	姜伟婧

如同一粒又一粒的红粟，唯有汇集，才有流衍的可能。十本书中有朝花夕拾的拾趣，人间至味的煨炖，深秋韵味的老巷，青藜说菁的今古，寻本土丹青翰墨真味，或半雅半俗生活，或山高水长追思。生活总是爱的表达，愿在这桃红花黄的故乡，因为文字，截留住生命里的美与深情。

我们处在一个伟大的时代，既然"生逢其时"，必然"躬逢其盛"。文化特别是文学的繁荣，渊源于悠久的历史，植根于今天的实践。历史赋予我们这一代人的一项任务，就是要充分挖掘海陵文化的丰富宝藏，古为今用，推陈出新，更好地为社会经济发展服务。我们将常态化推出文学系列丛书，以继续流衍的姿态，不断丰富、延伸、充实海陵古城当下的文化内涵。

海陵红粟文学丛书编委会
2020年6月于海陵

目　录

城河三章 /001
玉带河 /007
油店闲话 /009
小巷乐趣 /011
府前街小史 /013
红粟就是红稻 /015
蚬子豆腐汤与淡水蛏 /017
曾经的冬天与取暖 /019
闲话焦屑 /022
泮池桃李 /025
天目晴岚 /027
童戏二则 /029
打不死 /034
小淘气，去学棋 /036
庙会的感动 /038
希望的田野 /043
蝉之鸣 /045
蝉之蜕 /047

梅戏印象 /049

芥川与梅兰芳、与胡适 /052

读鲁迅《略论梅兰芳及其他》/054

鲁迅讽刺梅兰芳吗？/056

梅兰芳剧本的人民性 /058

关于男旦艺术 /061

梅余情谊 /063

晓翁先生 /065

俞振林的画猴 /067

书法故事 /069

李进老前辈 /071

单声的精神 /073

口语中的古代戏曲文化痕迹 /075

试说口语"五鬼"一词的由来 /078

关于柳敬亭之祖籍 /080

侯方域与柳敬亭 /085

江风·海气·山水 /088

乡贤杨浣石《冰晖阁印撷》/091

唐顺之与泰州 /093

清初泰州大诗人 /095

板桥之情，心斋之道 /098

田野的慰藉 /100

《雨花香》与郑板桥 /103

陆西星论"说与做" /105

略记高凤翰《砚史》与泰州 /107

怎样写起"泰州二李" /109

《四月南风》，悠悠我心 /112

关于《旧庄遗事》的问答 /114

人间巧事 /116

一个古街民 /119

吉光片羽 /121

偶得好石记 /123

春光摄影序 /125

关于两个剧本的写作 /126

木雕上的信念 /129

酒之言 /130

读在水之湄 /132

书生与生财 /133

孔乙己不是"小人哉" /135

衣服与灵魂 /137

"道"的式微 /139

春的话语 /142

居移气 /144

心性、人种以及选与弃 /147

三个"无从" /149

从妇好到三寸金莲 /151

诸葛大名垂宇宙 /153

桃花夫人息妫 /156

息妫的孙子 /159

小说《八洞天》 /161

"绅士"与"德性" /163

颜之推·李大钊·赫尔岑 /165

日本电影《母亲》 /168

司马迁,懂经济 /170

安葬颜渊的风波 /174

柳宗元的"公、私"之论 /176

过亳州 /178

鼋到底有多大？ /185

韩愈的美诗 /187

说"陋" /189

"窃书"的由来 /191

《聊斋》奇思 /193

猫鼬·蜣螂·政客 /195

洛水·莱茵河 /197

读《清忠谱》 /198

秦汉简牍上的书法美术 /200

古代嘲医 /201

自说《街民》 /202

城河三章

一、碧清的河

古城河至今保存较好，虽有人为侵削，也不那么自然自在了，却仍可算是宽宽的，绕城一周。据说，这在全国，已属难得。

城河水从前永远是碧清碧清的。妇女们挎着竹篮，来到河边淘米洗菜、汰衣服，城河水汰出的衣服，有股清香。

没有风浪的时候，城河十分平静，映着蓝天；起大风的时候，天色阴晦，波浪汹涌，也很有气势。小时候的平原之子没见过江海，就对着起了风浪的城河想象着江海的壮丽。

蚌壳、蚬壳、螺蛳壳风化了的碎粒组成了城河的岸线，向着远处雪白白地伸展而去，碧波使这条岸线在水边荡来荡去，却总也荡不走，让人联想到海边洁净的沙滩。当然，它毕竟只是河滩，只是它的形成与海边沙滩的形成，道理一样，都是波浪日夜锲而不舍荡来荡去的杰作，让人感到岁月的久远和无限。

河边水面下会有破瓦片之类的东西，上面生着青苔。如果轻手轻脚走过去，慢慢蹲下，轻轻伸手入水，小心地把那瓦片揭起来，往往能看到有一条小鱼静静地待在那里。原来，这是它的家呀。你是把它的屋顶给掀开来，所以看见它了，它一时不动，你仍可以仔细地端详它，但它马上就会逃走，像一支细黑的箭猛地向水深处射去。

东城河在东城墙的外面，城墙于抗战时期被拆除，留下高高的大面积的土坡，春天到来的时候，朝着河的一面野树野草一片新绿，朝着城里的一面则是满眼菜花或瓜棚豆架，那是菜农们开垦出来的园田。春天的城河水可形容为三个字：满、柔、碧。这里是一片可贵的自然，在小时候的我们心中，似乎认为城河边越是荒芜越是人迹罕至，则越是美好，那才是我们可以尽情无限游荡的地方。

东城河岸边如此，城河的其他岸边想来当也是一样。隔河相望而不可即的城河对岸，从前被称为"城外"，古时到那城外去，要过吊桥，所以有"吊桥口"这样的地名留传下来。

夏季最适合下河游水，附近的孩子天天在城河里嬉水，感受它的温柔与抚爱。越至深秋，水就越凉，下河游泳的人也就越少了，往往只剩下几个寂寞的少年，衬托着秋水长天的空旷，知了的叫声也渐渐地稀少无力以至于消逝了。

有一年，不知是谁第一个发现了城河里有无数的河蚌，以及江蚌，因为城河是通江的。河蚌大到一个有 1 斤左右，江蚌大到一个可达 3 斤甚至更重。这江蚌，想来它该是从长江出发，沿着济川河几十里蜿蜒向北，来到泰州城河安家繁衍的。既然发现了河蚌、江蚌这样的好食材，于是，城河里浮满了圆形或椭圆形的木桶，蔚为壮观。下河取蚌的人，因为水深，不时在河心水面上攀着桶边儿稍事休息，然后把桶轻轻推开，潜水下去，探向河底，把蚌从河底找到并抠将出来。遇到比较板结的河底，要把河蚌抠出来颇有点儿费劲，人往往要浮上水面换一口气，然后再潜水下去找到它，继续使劲，把它取上来。人在水底眼睛不开，如果感到一阵水波掠身而过，那是遇到大鱼了。有时河底会有直径比人还长的锅底形凹塘，那该是大鱼的窝。不断地潜水下去，半天就能收获满满一桶河蚌，压得桶边儿齐水，有如一只满载的小船。这时就小心地推着桶，把这可喜的收获运到河边上去，装进大竹篮，抬回家。蚌壳用刀剖开，鲜嫩的蚌肉，滋味鲜美。

城河，你曾经那样大度，如今我不再向你索取，让我站在岸边观赏你的波浪，或者纵身下河游一通泳，让你柔软的清波抚慰赤子劳碌的身心吧。

二、城河与戏曲

泰州城河北通淮水，南接江水，永不枯竭。它如闪光银带，很温柔地把一座玲珑平原古城环抱怀中。

这条城河已有1000多年历史，在"州建南唐"之前，它就有。其时宽度不足4米，后来不断拓宽与浚深，清代平均宽度达200米上下，最宽处有280多米，最深处3米上下。偶见有数10斤重的大青鱼在水面翻身一现，或露出背鳍劈波而行，并没有人去猎取它。

据刘和惠《楚文化的东渐》一书载，楚都寿郢（今寿县，楚考烈王于公元前241年迁都于此）的城河，最宽处为40米，最窄处仅5米，一般在20米，深3米上下。当时寿郢的人口大约20万。而泰州人口在20世纪60年代号称13万，然则城河以内的人口一向仅数万而已。相比之下，泰州人千年以来享有这么宽的城河，值得一说。

多年前的"梅园"这里，是一处荒芜的高墩，处在东门郊外，远望只是一派繁草高树烟笼雾锁之状，它却有一个美丽的名称，叫作"凤凰墩"。此墩来历，当是开挖东城河的堆土造成。至于为何用"凤凰"二字做了它的名称，也与泰州的筑城史有关。李昌龄《泰州城池沿革》一文认为，"从宋代起，由于城峻而坚，四周皆广濠，城翔其上，俨如凤翥，邑人多称之为'凤凰城'。"东门外城河边这座醒目的高墩被称为"凤凰墩"也就很自然了，于是衍生出"凤凰姑娘"的美丽传说：

> 古代海陵东门外天降瘟疫，无药可救，家家白幡，知州急令关闭城门，以绝行人。适有神医到此，然缺灵药一味，其形似人，名曰草参，远生于黄海仙岛。其时这座土墩旁有一农家女，年方二八，名曰凤姑，为救百姓，乃拜别父母，日夜兼程，到达海边。怎奈海天茫茫，无舟可渡。凤姑悲号，云水鼓荡。忽有鲲鹏，降落身旁，开口而言：取得灵药去，化作凤凰来，丹凤迎朝霞，守岛千万载。凤姑曰：我愿。于是伏于

鹏背，穿云过海，来至仙岛，采得灵药而归，瘟疫旋解，民众得生。凤姑泣别父母，化作凤凰，绕城三匝，鸣叫数声，东飞而去。从此，遂有凤凰墩之称。

开辟交通，凤凰墩被切割为南北两块，北边的一块建起梅园，以纪念乡贤梅兰芳；随后，南边的一块建起了桃园，喻指《桃花扇》，以纪念于康熙年间在泰州治水时同时写作《桃花扇》的孔尚任，而一代评话大师、泰州柳敬亭的爱国义士形象，也被孔尚任作为重要人物写进《桃花扇》中。

从桃园沿南城河西行，至南门吊桥口，那里建有柳园与中国评话博物馆，以纪念柳敬亭。这样，梅园、桃园、柳园，利用泰州千年来形成的风水，很得趣地形成了"戏曲三家村"。

在泰州西城河畔，也有一个高墩，被称为"泰山"，那是用开挖小西湖所出的土堆起的，大土墩上有一座岳飞庙，以纪念曾任通泰镇抚使在泰州一线抗击金兵的岳飞。梅园、桃园、柳园，也就与岳飞庙及其泰山公园遥遥相对，一切近乎天成，承载着本地的有关历史文化。

三、坝瓜、城河菱与苋菜果

在20世纪60年代及其以前，坝瓜、城河菱，在海陵人说起来，有着滋味特好、特鲜的意思，似乎任何别地产的都比不上它们。

坝，就是鲍家坝。城里的人们遥指东城河对岸，说，那里就是鲍家坝，意思是一片遥远的郊野。于是，盛夏之际，那里产出的西瓜、香瓜，就被城里人统称为"坝瓜"。卖西瓜、香瓜的人挑着担子来了，叫卖着"西瓜、香瓜！"街巷里的人就问："可是坝瓜？"一边说着，一边拣着，用手拍拍或者弹弹，听声辨瓜，判断是否成熟。卖瓜的说："用不着拣，坝瓜！"称好成交后，剖开一看，西瓜每每不是红瓤黑子儿，就是黄瓤黑子儿，都会叫一声"好"，于是切角分享。瓜子儿都较大，要留下来，晒干以后炒了吃。至于香瓜，它的青青的皮上每有横向裂纹，是瓜儿成熟的标志，也正往外透着诱人的瓜香。吃香瓜先刨皮，然后切角儿。香瓜穰子一般不吃，也有喜欢吃的，说是特别香甜。

说鲍家坝产的西瓜、香瓜好，有过专业鉴定吗？这没听说。但众人既然认定其好，也就说明其确实不错。究其原因，大约是泰州城内外的土地，既不沙，也不黏，园田上种菜的农民赞之为"壤土"。就是说，既区别于里下河的黏土，又区别于南乡的沙土。水土因素会影响瓜果的口感。据朋友说，他亲眼见鲍坝农业社的会计（姓宦）收藏有1955年国务院办公室写来的表扬信，称赞坝瓜甜、香、脆。以此，则坝瓜在这更早以前就当有一定身份的。又据说，有人把瓜子儿带到别地去种，长出的瓜却不具有坝瓜的口感和滋味，似正应了"橘生淮南则为橘，生于淮北只则为枳"这句老话。

坝瓜绝迹于"广积粮"的20世纪70年代初期，那时似未考虑留种以及保留一块生长它的瓜地，也许如今还可以在那里找块土地试试？当然，总的来说，如今鲍家坝那一带，已经到处是住宅区、商场、学校、机关，完全一派城市景象了。

再说城河菱。有河就可以种植菱角，一条小河也行，挤挤挨挨的菱盘子会繁衍得把河面都盖满了，鱼儿在菱盘子下面喈喋有声。宽达200米左右的城河比起一般的河，水深面大，兼收江淮。城河老菱之好吃，当然与此有关。现在城河已经多年不种植老菱。还记得钓鱼人卷起裤腿，涉水过膝，把钓鱼竿儿伸向远处，鱼钩儿从菱盘子之间的空隙里放下去，就可以钓到很大很多的鲫鱼，他一边在水波上平拖着鱼儿到岸边来将其捉进鱼篓，一边小曲无腔随口唱起了歌儿，"渔翁得利"的愉悦令人可羡。有时也会钓起一条河豚鱼来，一出水它就把自己鼓胀成气球，这大约是它的自卫，钓鱼人晓得它有毒，就把它放了，一眨眼，它就泄了气，打个水花，没入水中。

至于苋菜果，是把野苋菜的茎（又称薹儿）丢进咸菜坛子，让它浸泡在卤里，过些时取出、洗净、切短，放到碗里，浇上香油，放到饭锅上蒸，就成一碗很下饭的好菜。它微臭又很香，而得到它不用花钱，只要有力气到城河边的荒地上去采集就行。那里到时就会生长出很多又高又大的野苋菜,多少人去采也采不尽似的,所以才家家碗里都有啊。它的茎的鲜嫩,真不亚于莴苣。

玉带河

宽阔的城河把小城在外面围了一圈，不算宽阔的玉带河在里面把小城又围了一圈。

从野玩的角度说，玉带河也是街上少年的一处乐园。"玉带"二字，想来就是取意于戏曲舞台上官员腰间的那一条美丽的玉带吧。城河两岸树木丛生，玉带河边也是树木丛生，老鹰有时还歇在这里呢。城河、玉带河，这两圈绿化带，把一座小城环抱得严严实实。难怪来自地中海的马可·波罗说，这座小城"幸福多多"。

从府前街学政试院这儿东行，只要一会儿，就能到东园田，满眼青菜瓜棚豆架，有时也见有种玉米、向日葵、灯笼椒之类的。一茬蔬菜长成被挖起、挑上街去卖，菜地接着就被用四齿钉耙筑翻，又用六齿钉耙破碎耙细，剔出残留的菜根，把田整得平平整整，撒下菜籽或栽上菜秧，生长又一茬蔬菜。

蔬菜生长期间要不断挑水戽地以及追肥，全靠菜农肩上一条扁担。菜农们是在玉带河里取水的，那桶是不系绳子的，是竹片子弯成的，下河挑水时用扁担着力就能摁着水桶从河里取得满满一桶水，肩头左右一偏，一担水就全有了，于是打着号子走去给菜地戽水。戽菜水用长柄的臿子几下子就把两桶水戽光了，最后用脚尖抬起水桶，把桶底的剩水全倾倒在臿子里，戽到菜地上去，丢下臿子，又到玉带河边去取水，所有动作衔接爽利，一气呵成。

朦胧清晨，天没大亮，菜农们打起的号子声已经响成一片，一直传到街上来，唤醒街巷，街民们多半还睡在床上呢，心中好不赞叹！

玉带河畔必有园田，府前街以东的是东园田，泰山公园那儿就是西园田，当然，城北城南也有园田。想来，古城即使被围困，城内也不至于会断了蔬菜供应的。

蜿蜒而多树木、芦苇的玉带河畔，是街上少年经常去游玩的地方，从那儿得以亲近自然。在那河边，可以发现背壳上有着一圈金边儿的香龟，小香龟有本事爬到芦苇上安闲地晒太阳。如果想钓鱼了，就从家里取出钓鱼竿，带上红蚯蚓，一路走到玉带河边去。在小巷的墙脚根上拨开积在那里的浅浅泥土就有红蚯蚓。玉带河里可以钓到鳞色金黄的大鲫鱼不必说，还能钓到鳗鱼、甲鱼，把这两种家伙从水底拖上来要费很大力气，叫人十分兴奋。所谓的钓鱼竿，也就是从园田的瓜棚豆架上讨来的一支。如果锯下竹竿，弄来梢竹枝儿，就可以自制成接竿儿，用时就接起，不用时拔下来收起。

　　玉带河里也可以张鱼。用大头针弯起来就是鱼钩，系以长线，以大蚯蚓为鱼饵，抛到河里去，长线这一头系紧在树棍上，深扎在岸边。当傍晚从街上一路走来，穿过豆棚瓜架的园田，走到玉带河边，给河里鱼儿布下"迷魂阵"，第二天清晨就可以前来收获了。收的时候，拔起桩来一拖，手上就有数了，如果一点儿劲道也没有，当然是落空了，或者就不曾有鱼儿来光顾，或者竟是鱼儿偷吃了鱼饵，却狡猾地没有上钩。如果有鳗鱼、黄鳝以至甲鱼上了钩，那往上拉的时候，也就心中快乐无比。玉带河是高岸，不是平岸，且多树木芦苇之类，能下脚之处不多，所谓张鱼，并不能布下多少钩去，也无意布下多少钩去，本来就是闹着玩儿的。

油店闲话

油店巷并无油店。即使有过,也没人能说得清。这巷名也就与诸如竹行街、荻柴巷、打笆巷、扁豆塘、彩衣街、陆陈行、草埠头一起,说明着小城经济生活与文明在某个阶段的情况。

附近街头却是有过油店的,但不叫油店,而叫米店。所售多半为菜籽油,俗称香油,本地百姓最常用这一种,其次才是豆油或花生油。米店从前是个体性质,后来关门了,以后那老店主又来开张过,人见老了些,还是很和气、勤力的样子。再后来,又关了门,因为有了超市,这样的小店没生意了。

附近不远曾有过一家磨麻油的,就称为麻油店。店里散发出芝麻油香,满街飘逸,让所有从这里过路的人走老远了仍能享受其浓浓的麻油香味。那是鼓楼街临街的一户门朝东的人家。这所谓"街",也很简单,就是一条路,两边是百姓居家的平房,这平房的后面可能还有小院与房屋。麻油店临街房屋的闼子门板卸了,堆在两边屋檐下,全然露出屋里的景象:主要是当中一个很大的石磨子,推磨子的人胸前横着一支木杠,木杠的另一头与上半个磨盘紧连着。人不停地往前走,从而推转着磨子。推磨者中有一人一路伸手管理磨子上堆着的炒熟了的芝麻,让芝麻源源不断地从磨眼里及时地淌下去,进入被磨碎的过程。推磨子的似不止一人,皆让那木杠横在胸前围着磨子往前一圈一圈走着,显得齐心协力。那脚下的路无尽头,脚步停下来就是一次尽头。

被磨碎的芝麻成了厚厚的、半流质的东西,流到下面的容器里,然后被送进一口大缸里。达到一定量之后,人就握着一个连接着紫铜球的长柄,很有些姿态和节奏地在里面上下提动,轻轻地,想来既不能很用劲,也不能不用劲。这样以恰到好处的力道带动那缸里的麻油浆子上下颠动,芝麻油就分离而浮到表层上来。那当然是最不掺假、最本质的芝麻油了,用今天的话说,是最正宗、最绿色的，而且是绝对真实的"小磨麻油"。至于那麻油渣，一定也是很好吃的吧，它最后被如何处理，至今我也不知道，总之该是不会被浪费掉的。另外，芝麻在上磨子之前，必须炒熟，大约也是带热上磨子，那屋里的深处似乎就有个男子汉赤膊在一个很大的锅里翻炒着芝麻，从那里也散发出芝麻的香味来。从那条路去上学的小学生好奇与观察的目光，被那全家老小齐心合力推动磨子的场景与芝麻变成麻油的过程吸引着。

小巷乐趣

　　小巷，是小城里最为普遍的存在。小城除了数得过来的几条街，就是数不过来的小巷了。小巷的路是砖铺的，有了年代，色泽乌黑，略有破碎，忠实而紧密地坚持着，使人在雨天的时候脚下免去泥土的困扰。小巷两边是房屋，每每不多几户人家。小巷里都是平房，显得极其平凡。有的房子好些，有的普通一些。巷子的墙上是没有窗子的，如果有，也是后来开的，使得小巷不那么好看了。天井，各家或大或小都有一个，角落上有个窨井，盖着带孔的方砖。雨季时天井里的积水从这窨井渗到地下去，每年这窨井要掏一回，起出乌黑的泥，就把它弄到天井边角的花坛或花地上去壅花。

　　巷子里各家的人口与工作上学等情况也不同，都晓得，并不着意比较。天长日久，每天进进出出，有时淡淡招呼，有时并无言语，心意都是很善的。

　　人们在小巷里来来去去，虽有点儿足音，但总体还是静静的。从巷子里传来的足音，能听出是自己家的某个人，或者别家的某个人。炎夏之季，当阳光西偏，巷子里渐有半边阴影，凳子、椅子、小桌子就被搬到巷子里来，人们乘阴凉。这样一直到傍晚，收了东西而回到各自家去。不到天黑，大门一般不关，小巷里没有闲人。

　　小巷里有一位百岁小脚老太太。夏天的时候，她也会扶着墙，带着一张小凳，坐到巷子里来乘凉，允许邻居的小孩子好奇地摸摸她的手臂，抚摸那光滑细腻、凉凉的、能轻轻扯起好高的皮肤，于是孩子们就晓得人老了是那样的。

　　小巷人家每每喜欢种扁豆。春天的时候，在天井的墙根下或花坛里埋下扁豆种，过些时候，出芽了，长叶了，抽藤了，于是架上竹竿之类的让藤往上爬，后来就搭起了天棚，扁豆藤就渐渐爬满天棚、爬满墙头，藤上岔藤，荫蔽了一片空间，藤上开出一串串紫色的花。绿色的小螳螂不知何时来到了这里，瞪着两只大眼居高临下，蜜蜂儿也嗡嗡地飞来。

扁豆花儿开足了就逐渐萎谢，细细小小的扁豆荚儿呈现出来，越长越大，一串一串的，丰产的模样，家里就有扁豆荚儿烧芋头子儿吃了。扁豆多产，好像是层出不穷地结出一串串的荚儿来。家里的两个男孩晚上带了电筒，不知到哪里去逮了几只纺纱盘儿回来，放到扁豆藤上去，于是小巷的夜晚便响起了"哗哗哗哗"的纺织声，却衬得夏夜更幽深宁静了。随着秋季逝去，扁豆藤不开花也不结荚而逐渐枯萎，螳螂和纺纱盘儿不知到哪里去了，蜜蜂儿也不再飞来。于是拆下天棚，天井豁然亮堂。枯藤卸下后，扎成一把一把的，丢到瓦屋上去晒。它很耐火，在灶膛里燃烧时发出扁豆的香味，让人想到明年天井里还会长扁豆的。

有一阵粮食紧张的时候，家家种起番瓜。秧儿出土，抽藤，藤上有须子，它会攀绕着竹竿或绳子往上攀爬，一直爬到屋上去，于是屋上都爬满了。金黄的番瓜每日都有新的盛开的花朵，蜜蜂儿飞来采集丰厚的花粉，人们站在天井里朝屋上看，指着哪里有一朵母花，以后会结成一个大番瓜，有长而弯的，有圆而扁的，有的甜，有的粉，有的又甜又粉。秋后，要请瓦匠上屋把番瓜藤清理掉，再把瓦行子收拾一下。

蟋蟀儿在小巷靠墙根的墙缝儿里吟唱，少年用蟋蟀草探进去，把它逗赶出来，它会一腿蹦得老远，用两手轻轻碗住它，逮到蟋蟀盆儿里去，于是就相约斗蟋蟀了。

府前街小史

1929年建中山纪念塔，塔底一层也兼作大门，进去就是深深的州衙，至少在南唐建州以后，一直是本地衙门所在。中山塔前，靠近街边的地方，旧有"头门口"之称，在有关记忆中，该有铁栅栏，古时也可能曾是木栅栏，当中一个大空档以供出入。"头门口"，可以理解为衙门的头道门口。"头门口的烧饼"最为有名，那做"大炉烧饼"的情景，是很有趣的。

府前街沿街两边开着米店、杂货铺、酱园店、小旅馆、剃头店、裁缝店、早茶店、烧饼店、香烛店之类，当中每每夹杂着并不开店的人家。公安局对面是歌舞巷，明清曾经歌舞颇盛，中华人民共和国成立后的戏曲学校、工人文化宫电影院、溜冰场、文化馆以及京淮剧团等，也就顺沿传统设在这条曲折而长的巷子里。

公安局设在府前街的时日也许可以上溯很远，其位置西去政府一箭之遥，随时可以出动警员维护秩序，而属其管理的监狱也就在政府大门右侧，古称县狱或州狱。它的对面，是土地庙。监狱用来关押人犯，土地庙前是行刑的所在。直到20世纪80年代，古老的有着高高围墙的监狱仍利用为看守所。至于土地庙，则用来做了库房。旧狱拆除时，保留了一面墙，似含不错的构思：一面很高的老式青砖墙，爬满青藤，长着瓦花，四周树木掩映，算是一个小小的绿化地，于人世并无妨碍，还能给人历史的考据和遐想。

旧日的府前街很安静，有几家房屋较为古老而齐整，人物走出来也约略有点儿旧世家的味道。府前街并不是小城主要的商业街，它只是于平平淡淡之中有着它生活的和历史文化的气息，与城北、城南、城西、城东的气息是不同的，乃至走出这个范围几百米，气息就会有所不同。三教九流者少而人物整齐者多，影响到百姓，也就规矩平和些吧。

府前街上有一重要所在，就是试院，是学政大人前来选拔秀才的地方。

试院在百姓口头被称为考棚，面前的街也被叫作考棚街。在册名单证明，郑板桥就在这试院的考棚里做出了他的秀才文章。

试院这里在南唐时是永宁宫的所在，地方《文史资料》有文记载："迁让皇之族于泰州永宁宫，命泰州刺史褚仁规严加防守，不让杨氏子孙与国人通婚姻，不准出宫，宫内杨氏子孙互为婚配，生女任其生长，生男至五岁时，李氏朝廷就派遣中使来宫，赐给杨氏嫡系小儿朝服、官爵，然后赐死，葬入小儿冢地。"这个说法，与《资治通鉴》所载一致。

府前街东行不远，有城隍庙；西行不远，有光孝寺、崇儒祠；南行不远，有南山寺；而鼓楼、钟楼、辕门、小校场等，都在府前街附近。可见府前街及其四围与东西一线，作为古城政治文化中心的旧日格局与繁荣景况；而在街边屋里和小巷深处，自自然然生活着许多平常百姓，各种店铺为他们提供着生活所需。

曾经在府前街世代而居的百姓们随着旧城改造分散迁居离去，随身带走了他们代代相袭的历史文化气息，这里新砌的高层正在接纳来自四面八方的新人。

红粟就是红稻

人们有个疑问:红粟就是红稻吗?

此一问,皆因晋代左思《吴都赋》一句"覜海陵之仓,则红粟流衍"。更早在西汉就有枚乘谏吴王书中说"转粟西向,陆行不绝,水行满河,不如海陵之仓",后来又有唐代骆宾王一句"海陵红粟,仓储之积靡穷"。唐代刘长卿亦有诗句说,"幸论开济力,已实海陵仓"。《文选》中有李康写道:"守敖庾、海陵之仓,则山坻之积在前矣。"在这些叙事里,以海陵仓夸耀可以供应天下的粮食,这粮食是红粟。

粮食中的粟,又名稷,俗称谷子、小米。海陵城里人虽主要以稻米为主粮,偶尔却也会喝上一碗香喷喷的小米粥,其小米的出产地是南乡沙土地带。而相似的黍,俗称糜子,有介绍说:黍散穗,粟攒穗。又说,黍黏而粟不黏。

"海陵红粟"之"粟",是指谷子或糜子吗?本文认为不是。谷子、糜子之类的作物,主要产于北方,位于里下河地区的海陵之地主要粮食作物是水稻。所谓海陵之地远不局限于现在的海陵区,秦汉以来泛指江苏中部运河以东直达海边的广大区域。那"陆行不绝,水行满河"的,或是碾成的稻米,或是尚未经碾的稻谷。1972年我曾涂鸦《里下河歌》,其中说"联艚载米绕庄去",是我亲眼所见的壮观景象。若以海陵城为界,则只有南部一县之地的沙土平原种植旱谷作物,如麦子、玉米、高粱、荞麦、谷子、糜子之类。而北部数县的里下河平原是黏土地带,其土地是海洋东退后形成的,千百年来是老沤田以沤盐碱,只宜种植水稻,20世纪60年代"沤改旱"以后,能稻麦两作,仍以水稻为主,而不种植谷子、糜子这些作物。

所以,"海陵红粟"之"粟",具体就是指稻米,枚乘那句话是说,海陵仓的稻米啊,从陆上水上西行供应我吴国以至天下。

海陵仓,就是粮库。今在海陵城以北数十里的仓场庄,发现有古粮仓遗址，当是"海陵仓"这个总称里的一座。据考，元末张士诚曾借此现成仓场加工军粮。

"红粟"之"红"，是指仓粟多得糜烂发红，还是指稻谷及其稻米呈现红色？生于长于里下河水乡平原的郑板桥留有相关文字，其《喜雨》诗说："共说今年秋稼好，碧湖红稻鲤鱼肥。"

至少直至20世纪50年代，海陵城里人的饭碗里盛着的还是红米饭，那米属于籼米，不属粳米，即较糙而不是较黏，米洗净后呈现透明的红色，有如一粒红宝石。

红米也不只产于海陵，"红米饭，南瓜汤"的民歌不是出自距离海陵遥远的江西吗？

兴化唐庄姚敬厚称，老红稻是过去老沤田里广泛种植的一种传统水稻，早中熟，米是老红色的，煮饭特别香，好吃。到20世纪60年代"沤改旱"后，仍有种植，亩产由原来300斤左右增至500斤，后来又被"矮江南"之类更高产的稻种代替。现湖北、四川等地山区，仍有种植老红稻的。

蚬子豆腐汤与淡水蛏

到有蚬子卖的时候，蚬子豆腐汤是小城居民午饭桌上常有的一道汤。虽然它很便宜，却不能因此看低了它。它的品位公认很高：汤色雪白，味道鲜美。一般认为，蚬子最喜生长于深水河床，具清火的功效。

说到蚬子豆腐汤，首先，蚬子只有几分钱一斤，中午的这道汤，买二斤蚬子就够了。同时，豆腐也是便宜的，一般是二分钱一块，并且豆腐块头不小。那么，二斤蚬子与两块豆腐做半铁锅汤，质量就相当可以。蚬子豆腐汤盛上桌，再有一盘炒韭菜，二者咸淡搭配，吃来爽口。吃到后来，将蚬子豆腐汤泡进饭碗里，再夹一筷韭菜来，搅在一起吃，也就正如一部乐曲达到了和声同奏的高潮一样，最为享受。

说到蚬子，买来家后，用一盆清水将它养一会儿，让它在吞吐呼吸之间更为洁净，然后便是清洗它，哗啦哗啦。这时它的壳紧紧地关闭起来，那壳是微微的青色或青黄色的，一种有生命的样子。用水一煮，蚬壳张开，人们就取出它的肉来。那锅里的煮蚬子的水，已经呈现白色，取到盆里来，将蚬子肉放进去洗洗，捞起肉，把汤淀清滗出，可适当加些清水。蚬肉与弄干净的汤煮沸一会儿，豆腐就可以放进去。再煮沸一会儿，雪白的蚬子豆腐汤就成了，盛上桌，撒进适量盐与胡椒粉，于是味道全出。

有一年，我在汤庄的春武家里吃饭，午饭菜是普通的烧青菜，也就是把青菜炒了，放水撒盐煮一煮。那青菜开始抽薹了，味道是别具一种鲜味的。这个烧青菜里面有很多我没有见过的类似小河蚌肉的东西，但它不是河蚌肉，也不是蚬子肉，长长的，白嫩嫩的。小心着尝了一个，十分鲜嫩！那烧青菜也就特别鲜，比一般的好吃了许多。我请教：这是什么呀？春武的妻兰子说，是蛏。然后就兴奋地说，这是她到海陵溪边上挖来的。

得说明一下，海陵溪是汤庄北端的一个湖泊，西岸属高邮，东岸属兴化，其水与北澄子河、蚌蜒河（又称南澄子河）相通，这两河之间相隔十里以上。此湖何以称为海陵溪？史载公元890年此地发生陵亭之战（《资治通鉴卷二百五十八》），今老阁彼时设陵亭镇，位置就在海陵溪南端之地，下临蚌蜒河。可见，此溪以海陵名，只因其时属海陵。依此，则此溪的存在是一千年以上的了。多少次，走在海陵溪边大堤上的我，曾由这一湖碧水欣赏到什么叫烟波浩渺，见到渔人划着小船儿，信口唱出他的渔歌，渐渐远去。

这么大的水面，伴随着一代代在它岸边长大的人们，给他们以天长地久的捕钓的渔趣。于是，春武的妻兰子从她的家里出发，向北稍微走了些路，就从溪边挖取到了蛏。这道美味，却是她的家常菜。

多年以后，在城里饭店的餐桌上又一次见到了蛏，然而它属于海鲜。其口味不及我曾经吃到过的淡水蛏。询问之下，人们竟都不晓得有淡水蛏这回事。

今检索有"麦碎花开三月半，美人种子市蛏秧"的诗句（作者未知），句中的几个关键词"麦花""秧""三月半"，正合我在春武家中吃到河蛏的时节，所以这诗句所咏当是淡水蛏。经查知，浙江一带利用海滩养殖蛏子，所产就是海水蛏了。又从书籍中查知，"河蛏、蛏子，是中国的特有物种，分布于江苏等地，多见于河流与湖泊的泥底或沙底里"，这说的却是淡水蛏了。

20世纪末，海陵溪被改造成了许多个养鱼塘、养蟹塘，不见了千年的浩渺烟波，想来却也无从遗憾。位于海陵溪东岸、蚌蜒河畔的朋友姚敬厚写道："小时候，开春时节，大河里的水位低了，在和暖的阳光下，我们三五成群的孩子，手里拿着小锹到河边挖河蛏，少则几十个，多则上百，回去洗去泥土，倒点儿菜油和酱油，放到饭锅里炖，味道很是鲜美。印象中只有大河边有，小河边很少。被船浪洗去浮泥的靠水的黄土里比较多，我们先找沙眼，看到有存水的微微波动，就下锹挖，大约10厘米就能挖到，一般不会落空。当时我们这里真的很多，这东西对水质要求很高，就像银鱼、河豚一样，现在河流被污染，挖河蛏只能成为记忆了。"

曾经的冬天与取暖

从前的冬季，似比现在冷。屋檐口往往会垂下很长的"冻冻丁儿"。屋上积雪融化，沿着瓦行子淌下来的水，渐行至屋檐口冻结住了，渐渐地长，短的也有尺把，长的可达一米左右，从屋檐口挂下来。把它轻轻一敲，清脆一声"啪"，断碎得一地晶莹。儿童取一截在手上玩，以至试着咬一点儿在嘴里"嘎巴"嚼碎得有趣，当然只能一试，而不能持久，否则牙根嫌"碜人"。街民所居，是盖瓦片的平房，家家屋檐口挂满"冻冻丁儿"，互相看来，却也有点儿热闹、灿烂。城河里会结起较厚的冰，可以到上面走好远。大人不免提醒孩子，不准到河上去踩冰！因为毕竟不是北方，那河冰不至于能厚得可靠。

大人孩子在冬季都是棉袄、棉裤，里面能有一件"卫生衣、卫生裤"已算很好，能有一件毛线衣的人也不多，能有一件棉袍子或棉大衣的人，很令人羡慕。如果棉袄里面穿的衣服很少，就很不利于御寒，被讥为"空心大老倌"。人口多的时候，凡是衣裤，便如俗话所说，"新老大，旧老二，补补连连是老三"。

20世纪70年代，不远的仪征县就建起了一个很大的化纤厂，有了化纤布，人们穿的衣服才不易被磨破，这之前，如果一身衣裤并无补丁，则不论其质地如何，一眼看去，感觉上总是较好的。

小城家家跟农村一样使用锅灶，烧的是柴草，不是稻草。如今雅称为秋雪湖的远郊甚至更远些的草泽地方，都盛产柴草。收割后用船装到城外的河边，有挑工肩挑了一担担的柴草来卖给街巷人家。那柴草，火力旺而耐烧。全城锅灶所需的燃料就是这样的劳力用双肩挑来的。家家屋上有烟囱竖着，到时就会升起炊烟。

灶膛里带着火星儿的灰烬有较耐久的余热，把它用灰铲取出来，火星闪闪的，放到铜炉里，上面铺上大糠，即稻谷的壳，用小板子一下一下轻轻压紧，然后把满是孔眼的盖子盖上，铜炉就烫人得厉害，手触不得，过一会儿不太发烫时方可手触。也可以把穿着棉鞋的双脚轻轻踩在盖子上，不一会儿，脚就感到暖和了。

取几粒生蚕豆或花生米放进铜炉里去，不一会儿就会听到爆响，闻到香味了，拨灰找出来，不要急着吃，小心烫了嘴。于是可算得着寒冬的闲趣了。

比较次一等的，是没有铜炉，用个瓦罐装了灶膛里的火灰，同样加进些稻壳之类在上稍稍压紧即可，与铜炉相比，功能一样，看着却是简陋，也失了多半的趣味。看来，凡事所用器物的考究与不考究，意味是不同的。

汤焐子这东西现在有人还乐意用着，也仍有会制作它的铜匠。做得扁扁圆圆，像一个玲珑好看的南瓜似的。里面灌进开水，把盖子拧好，晚上睡觉前焐在被窝里，可以给被窝预暖。刚刚灌进开水的汤焐子很烫人，要小心被烫着。也有人睡觉时脚头安放一个，怀里安着一个，那当然是暖和了。有一种陶制的汤焐子，可以取代铜制的，它的外面上了彩釉以去其粗糙而增其美感，比起铜的虽欠华贵，却也有其质朴颟顸之相。

进入 20 世纪 60 年代，城里烧草的锅灶才拆除不用，用起了煤炭炉子，先是用煤球儿，后来是蜂窝煤。烧煤比烧草方便，使用了千百年的锅灶从数万街民人家的小城退隐。

煤炉会有煤气味儿，不小心会煤气中毒。有条件的曾置办"功勋炉"，炉旁接出白铁皮管子来导出热量，需要导到哪里就把这管子延伸到哪里，最终通向户外。有了用电的取暖器之后，功勋炉也就宣告退出了。

人们告别小街小巷，搬进各个住宅小区，居住起楼房，平房大量消失，"暖冬"一词悄然而来，冻冻丁儿早已难得一见，城河里冬天不再结厚冰，保暖服装却多了起来，羽绒服、羊毛裤取代了棉袄、棉裤。身着旧式棉袄、棉裤的臃肿颟顸人物形象，成了"审丑"的艺术美，出现在画家笔下。

从前的冬天，城里人也有穿毛窝儿鞋的。那是用稻草绳夹杂着芦柴花儿编成的鞋子模样的东西，看上去毛茸茸笨头笨脑，像童话世界里的东西。多少年来，很多穷人冬天的保暖鞋就是这个，穿坏一双再换一双不算心疼。多数人穿的是棉鞋，从钉鞋底，到糊骨子，直到送给皮匠去完成一双棉鞋，全过程说来也不简单，都是妇女的事。毛窝儿与普通手工棉鞋，却该算是现在一切保暖鞋的先驱。

闲话焦屑

汪曾祺先生《故乡的食物》说到高邮城里"还有一种可以急就的食品，叫作'焦屑'，锅巴磨成碎末，就是焦屑。我们那里，餐餐吃米饭，顿顿有锅巴。把饭铲出来，锅巴用小火烘焦，起出来，卷成一卷，存着。锅巴是不会坏的，不发馊，不长霉。攒够一定的数量，就用一具小石磨磨碎，放起来。焦屑也像炒米一样，用开水冲冲，就能吃了。焦屑调匀后成糊状，有点像北方的炒面，但比炒面爽口"。

锅巴之多，与乡村家家用锅灶有关。柴草在灶膛里燃烧，熊熊火焰向上烧着那铁锅的底，锅里的米与水，煮成了喷香的米饭，而其最贴锅底的一层，形成了锅巴。凡是烧一锅饭，就会有锅巴。需要用锅铲去铲，才能把它取下来，它的完整形状也就是一个锅形。如果还差一点儿火工，焦香就不够，就不能算合格的锅巴。为获得一块成熟而完整的锅巴，往往在把饭全部取出之后，在灶膛里再烧些火，来加工那紧贴在锅底上的锅巴。这时只听得"咔吧"炸响，浓浓透出锅巴的焦香，过一会儿就可以取那锅形的一个完整的锅巴了，它的香味、焦味、脆度都是恰到好处的，铲下之后，当场撕一块尝一下，噼脆香甜，合格！而牙齿不够好的人就不能享受这一口美食了。

一块锅形的完整的锅巴，从锅里铲起来，就放在那儿随它去，它慢慢就会稍稍向里卷起来，因为它从空气中逐渐吸收了水分。要将这样的锅巴磨成焦屑，大约却要将它再烤到一定的干而脆的程度，否则，会磨不动它。

而南距高邮城百里之遥的海陵人，吃的焦屑却是不同，是"大麦焦屑"。

小麦磨出的是干面，又称面粉。而大麦磨成的叫作"大麦踏儿"。这个"踏"字，音"chǎi"，一般错写成"糁"，却是米饭粒儿的意思，读"sǎn"。

大麦踏儿炒出的焦屑称为大麦焦屑。把大麦踏儿放到铁锅里炒，灶下的火不可过大，这样反复地慢慢地炒，炒到它焦黄而发出香味来就算成功。把它收藏在密封性较好的瓷团儿里，吃时用勺子舀些到碗里，直接用滚开的水冲而和之就有了，半碗能胀到一碗，很厚黏，可以挑在筷子上吃，如果放点儿糖进去，那就是又香又甜。

干面，家里一般用作摊饼吃，或者擀了面条做烂面吃。都是图个方便。所谓烂面，指自己擀的面条，较粗，也没那么大韧性，往往和青菜一起煮做成烂烂的菜面，有别于到外面店里去吃的阳春面、青椒肉丝面、饺儿面之类的。至于烧饼、油条、包子这些，都是到外面早茶店里去买或就食，家里不必做这些复杂的东西。海陵城人除了米之外，主粮之二就是面粉。至于用面粉炒成焦屑也有的，却没有大麦焦屑口感好、香味足。

据说，高邮农村人的焦屑又另当别论，诚然是用磨子磨出来的，原料却不是锅巴，而是炒熟的小麦或大麦，基本就相当于炒焦屑，只不过方向相反，一个是磨而后炒，一个是炒而后磨。

里下河农村在20世纪60年代末"沤改旱"之前，很少产麦，盛产的是大米。晚粳米最是可口，煮出米饭来油亮亮、香喷喷的。晚粳稻生长期长，见霜之后才收割。那整块的锅巴，在高邮农村常见，撂在篮子里、匾子里日积月累着，最后多半是拿它煮粥，那粥带有锅巴的香味。

焦屑作为一种方便食品，一般是在不方便的情况下食用，当肚子饿了，有急事不能等饭，就冲调一碗焦屑吃下。这被用在战争的环境里，所谓"炒面"，其实就是某种焦屑。

抗美援朝时，经过细心谋划，所做炒面比起从前单纯用大麦或小麦的面粉，又有所不同。有记载说，从国内送往朝鲜给志愿军的炒面最初配方为70%的小麦，30%的大豆、高粱、玉米等杂粮，后来又增加了大米等成分。先将这些炒熟、磨碎，然后加5%的食盐，进行混合，成为易于运输且能长期储存的方便食品。且无须生火做饭，可避免因做饭产生的烟火而暴露目标。志愿军身背炒面袋和枪支弹药，或行军，或守阵，一把炒面一口冰雪，而别无所食，这正是他们艰苦生活的真实写照。由于炒面的炒制过程对维生素破坏较大，志愿军患了夜盲症、烂嘴角，就采松针熬水喝。当时东北三省还不够供应志愿军的炒面，于是发动华北等地做炒面，那种万众一心、共同抗美援朝的热烈景象可想而知。如果有"焦屑史"，那么志愿军与炒面这一段当是重要篇章。

  一位朋友说过一边行军一边吃炒面的方法：只能小心地送一点儿进嘴，千万不能说话，慢慢让炒面在嘴里弄潮湿，然后咽下去，如果有水，可以待炒面咽下去后慢慢饮一点儿湿润一下口腔。这当然是能听得懂的，就连吃汪先生家乡的特产高邮董糖那样有点儿干粉性质的东西时，也都要有几分小心，要不然弄呛了可不好受。

泮池桃李

桃李常用来指学生，学子数人在泮池岸畔徜徉切磋或持卷有思，真是一幅好图画。那池边，想来也当是树影参差、芳草依依，布置有几块恰好的石头的吧。这池塘不是野外随便所在的一个，而是有个专门的名称，叫作"泮池"。据本地《学宫图》（见《泰州文史资料第六辑》），它虽在学宫大门之外，位置却在正前方，呈椭圆形，成为学宫的有机组成部分，就像士子或官人帽额上那块精巧的碧玉，是特别地"镶嵌"在那里的，若没有它时，你也许不会觉得有缺；但有了它时，你会觉得它是必不可少并且妙不可言的。步至学宫门前，会首先注意到泮池的一汪清水及其周边所形成的小小风光，那对人无论如何都有着举趾一游暂作流连的吸引力。几丈之外，宽阔的南城河波光闪耀，通过河水的渗透以及天落水的补充，泮池之水丰厚常满。

学宫从大门堂算起，共有五进，每两进之间有其广大庭院，尊经阁是第四进，它的后面是崇圣祠。时任泰州府尹兼劝农事的赵孟頫作有《二月二日尊经阁望郊外山水》诗，可见此阁可以登高凭眺，其所述"日出群动作，鸡犬亦复喧。渺渺孤舟发，翩翩栖鸟迁"，正是当时清晨南城河及其以南漠漠乡野的风光。

学宫，同时也是文庙，其功能集祭孔与学堂于一身，因而建筑群颇大。明代诗人华湘《重构文庙》诗写道："乌府羹墙见典型，飞甍重结炫丹青。杏花争艳春先到，璧水流波月独明……"描写学宫建筑辉煌、环境幽美，璧水则以一方玉璧来形容泮池。

清末废科举，民国初年，学宫改为县立中学。后来，随着学宫逐渐移作他用，泮池亦废，不复存在。本来，因有学宫，方有泮池，随着学宫的湮没，这一塘清水，如今也只记录在诗人曾经的吟咏之中了。

泮池之"泮"，《诗经·卫风·氓》有"隰则有泮"句。泮者，田界也，涯畔也。字义似消解着泮池的诗意，难道泮池只是意味着学宫的南部边界而已？也许，作为一座建筑群，学宫的这个边界的本意确实是必要存在的吧，不过，这泮字之美及其春草池塘，却不是边界二字可以交代的，人们在此强化了诗意的理解和想象，因而徜徉池边的人们也才给后人留下了以"泮池桃李"为题的多个诗篇。

曾经，人们在泮池塘畔砌了一座美丽的亭子，叫作"浴沂亭"，这也就更为直接地与学宫里的"大成至圣先师"联结了起来。"浴沂"二字，出自《论语·先进》篇，那师生同乐的美丽人文风光与意境，为孔夫子所赞美：

"莫（暮）春者，春服既成，冠者五六人，童子六七人，浴乎沂，风乎舞雩（祭天求雨之地），咏而归。"

在学宫前的泮池之侧，立起一亭，其名"浴沂"，真是妙在不言之中了。明代诗人虞瑶有诗赞美说："四面晴临一鉴圆，浴沂真乐似当年。咏归童冠春如许，飞跃鸢鱼境自然。气象迥于尧舜等，事功何有赤求贤。身心到此尘埃尽，坐我光风霁月天。"全诗赞美泮池岸畔、浴沂亭边的莘莘学子桃李风光，真是十分切题。

又：《诗经·鲁颂》有《泮水》篇，注曰：古时诸侯所设的贵族学校叫作泮宫，因学宫前设有水池，状如半月形，叫作泮水。而据《歧路灯》第八回所注，泮池乃在学宫之内，有左右二池，皆半月形，那体现着另一种设计了。

天目晴岚

久居平原的人，最想见识一下两种地方，一是大海，一是高山，它们意味着高峻与辽阔。宋代绍兴年间海陵城内开挖市河，掘出的泥土被州人堆成一山，高五丈，围一百二十丈，命名为"泰山"。于是，"泰岱烟岚""古阜斜阳"一类的景观美称就在歌咏本地的诗文中出现了。"数仞为山壮泰州"，既是诗句，也是实情。于是，州人每每就登山远眺了。据说，可以遮目远望到白云天边、长江南岸的京口那边的徐、蒋二山，山峦烟岚，好不令人向往，"京口瓜洲一水间，金陵只隔数重山"，又进而可以联想开去了。于是赞美此山每每有诗为证，明代有人甚至夸张到"乘风一登之，去天如尺五"。

从本地淤溪乡走出的镇江作家王桂宏说，徐山，即指圌山，至于蒋山，实为金山，都是方言口音的讹读。而镇江至泰州的地图直线距离不过 35 千米，多年以前，空气清净，平原无遮，最宜远眺。据说，即使在海陵城北郊的乡村，儿童爬到大草堆上，也照样能望见遥远江南的徐、蒋二山。

泰州另有一名山，它就是天目山，位于姜堰区北郊，须得舟车前往。这天目山与浙江的天目山同名，那里是真正的山峦重重、烟锁云遮，这里却是平田一望，不见其山。打开《历代诗词咏泰州》，其中记写到这天目山的有多首，人们确曾借它而写登临之趣，类似"重九日过天目山登高即景"的诗题比比皆是。不过，诗人也解嘲说"言登天目峰，有山不碍小"。至于眼前，其实平原，"林疏见远灯，平野人烟渺"。然而，人们还是要用云岑之类的真正写山之词来形容来此的登临之乐，以至于这天目山被吟咏为"形胜东来第一山"了，每每乐其"岚光飞满日堪攀"。这是怎么回事呢？

天目山在平原之地的泰州得享盛名，从前主要在于它的神仙传说。"天目"之名因发现二井而得。又有麋鹿哺乳女婴而一同飞升之说，言语渺茫。出土文物证明，在人烟稀少的那时，这难得的平原高墩之上，确曾有修道之人结庐在此。另外，姜堰之地远古人烟稀少，遍野湿地，本是麋鹿之乡。宋代元丰二年确曾在此掘得鹿角数十支、金龙7条、玉璧36件，皆被奉为神物。这就难怪一个土墩得到这样大的名气了，文天祥逃难至此，亦指此山来诉自己的赤心，所谓"羁臣家万里，天目鉴孤忠"。后人因此在这里建起文山祠，此祠却也逐渐湮没了。

21世纪初考古发现，天目山这里曾经筑有古城堡，为江淮之地的最早筑城，距今约3000年，早于常州淹城遗址，于是，在2006年该地被列入第六批全国重点文物保护单位。至此，早就是一面平地的天目山，就更为人们刮目相看了。

从自然地理上说，这块地方本是平原上天然的高地土墩。大约正因如此，远古有人看上了它，于是在此筑就城堡，后虽湮没，其地高，遂又有人来作为避世修行之所，产生了种种缥缈之说，后人又附会筑起一些祠殿神台。终于，现代考古发现让人们切实想见其本来面目。清人凌儒的一首诗，似早就记写着民间对这土墩天目山存有古代的历史记忆：

"里人据此称雄镇，抱恨年年松桧间。"其"雄镇"二字，岂不正是古城堡的写影和传说？！

漫长的岁月里，广漠平原之上这宝贵的天然土墩，终于因为辛勤的"日出而作，日入而息，耕田而食"的人们千百年以来加于其上的劳作，逐渐夷为平地。本地文家徐同华写道："星移斗转，天目山渐渐被周围乡人取土而平，唯有四面河水缓缓流动，一棵皂角树葱茏依旧……"不免抒发出平原赤子的思古幽情。

天目山一带的风光，也就是里下河平原的一般风光，明代诗句可以是依然新鲜的："垄麦生风爽似秋……四月扁舟作胜游"。

童戏二则

一、有唱有做的儿歌

从前有一首儿歌是这样的：

城门城门有多高，
三十六层高。
骑大马，舞关刀，
借你家城门走一遭。

有节奏地唱着时，两人联手高搭起"城门"，其余的人则鱼贯着从这城门下走过，算是"骑大马，舞关刀"过来了，因着"借你家城门走一遭"的豪言壮语，颇觉势不可当。知道这模仿的是"过五关，斩六将"的大英雄关云长，心里边很得着某种愉快豪迈的意思。

我还记得的另一首儿歌是：

风来了，不怕！
雨来了，不怕！
城隍庙的小鬼来了，不怕！
呃嘿！呃嘿！呃嘿！

这首儿歌不唱，而是念白，一人平悬手掌，掌心向下，一人举一指顶着那手掌，悬着手掌的是威吓者，代表风、雨、神鬼，他依次地、一声比一声紧地威吓着，然后发出那最后三声"呃嘿"以示警告。举一指向上顶着那可怕威权的，则三次勇敢地回答说"不怕"，完全岿然不动。然而，在那最后一声"呃嘿"的威吓刚发出时，就得把手指迅速撤离，算是成功逃脱，要不然就会被那罩在手指上的手掌突然抓住，就算是被城隍庙里的小鬼给抓住了。怎么办？也不过是被刮鼻子，一五一十地刮，至于总共要刮多少鼻子是事先约定好的，如果刮超过了，就要发生较量。

　　玩的几个人也调换高悬威掌的角色与经受考验的角色，二者之乐趣有所不同而须均沾，儿童一般以做历险者为乐，而并不以高悬威掌为乐。这个游戏里的成与败，对于双方来说，每次都只在一刹那，是一种心理考验和锻炼，所以重复地做着这游戏而乐此不疲。这个游戏里的一趣，就是那氛围的某种凶险意境的层层渲染，先是"风来了"，接着是"雨来了"，然后是"城隍庙的小鬼来了"，听着很有点儿恐怖感然而又让人跃跃欲试，这一切虽不是真的，那点儿恐怖感却是体会到了的，儿童乐于做这游戏是因为在心理的成长上有这种天然的需要的吧。

　　我记得的第三首儿歌，以一人充当逮小狗儿的"王老公"，以年龄小些的几个坐地充当"小狗儿"以等待。"王老公"嘴里说着敲门声"嘭、嘭、嘭"，坐地的当中一人问"哪一个？"敲门的说"王老公"。坐地的问"你来做甚的？"敲门的说"跟你家要个小狗儿"。坐地的说"进来拣吧"。于是"王老公"做进门状，手指点着，嘴里说着"花的绿的，拣个会吃肉的"。坐地的孩子中之一人就作为"会吃肉的"一个给拣走了。这颇有点儿滑稽。

　　如此重复，直到坐地的"小狗儿"如此一个一个全被要走。这些依次被要走的"小狗儿"，后面的抓着前面人的衣服下摆，最前面的抓着"王老公"衣报的下摆，如此走出一条长龙来，颇具喜剧性。领着这一群"会吃肉的小狗儿"走着的"王老公"嘴里不断唱起"摆龙"："摆龙摆龙哐哐！摆到杨家庄庄！杨家庄上失咯火，大的小的跟我走！"这似乎又突然经受着失咯火的灾难性，然而终于是有逃路的，这就是最后的一句："大的小的跟我走"。有说有做有唱，有主角有配角，动作性强，都很乐意，并不争当主角，以参加游戏为快乐，每每更乐意充当较被动的配角"小狗儿"，那似无任何负担，跟着跑就是了。至于那个充当"王老公"的，则似乎被培养着能负起责任来的心理能力，而参加者在这短短游戏中可算是受到了喜剧与悲剧的两种心理教育。

二　捉与救的惊险

"官兵捉贼子"的游戏包含"捉"与"救"两个方面。

当夏日或冬日的夜晚，在家里丢下饭碗就出来，七八个或更多些的孩子（一般全是男孩）在某空旷处的路灯下会齐，于是分为两路，一路算是官兵，另一路算是贼子。这两个词当与《水浒传》的传统有关。分派好哪些人当贼子，哪些人当官兵，就立即两下分开，贼子立即四下逃得无影无踪。官兵的任务就是把霎时间四处逃散、不知躲到哪里去了的贼子全数捉到，并且关起来。

这时须有一处被视为"监牢"，比如就是那个路灯杆子，官兵须有一人留在这里作为看守，其余的人则四下去捉贼子，被捉来就乖乖地站在路灯杆下不得擅离，算是坐了牢，于是眼睛四下张望，焦急而机灵地等待同伙来救他。

贼子只要发觉自己有同伙被捉在这里了，就得像梁山好汉一样奋不顾身勇敢来救。救的方法是借着黑暗悄悄挨近而突然出现，与被捉在那里的同伴手触到手，就算是救到了，于是一起赶快逃跑，重新消失在黑暗之中。

这时会发生的扯皮是：官兵一方的看守认为两个贼子并没有手触到手，所以认为这营救不算，这时也可以被允许重新来救一回。

来救的有可能不仅没有营救成功，自己也被捉住，只得也来坐牢。这情况在《水浒传》里也有的。

这般游戏的结果，假如官兵一方始终没有能把贼子全数捉来，则算是完全失败，感到自己这边人员的体力与智力不及那边，于是每每要求重新组合人员。

反之，若贼子一方被全数捉到，再也不存在营救的希望，则贼子算是完全失败。结果则有点奇特：角色反转，贼子转扮官兵，相应地官兵转扮贼子。

参加游戏的双方只是执着一门心思要自己这边取胜，若做官兵则决心要全数逮着贼子，若做贼子则努力要让官兵逮不到。

如果贼子只剩一人尚未被捉来坐牢，则双方都到了最紧张的时刻和最后的关头。贼子的希望就只在那个仍未被捉到的同伙一人身上。这时，坐了牢的他们手牵着手，最里边一人的手必须不能离开电灯柱子，象征着他们都在牢中，而互相牵着时尽量把手臂伸长，以便来救的人能比较容易触碰到他们那伸在最外边的一只手。如能碰到，那就意味着营救成功，于是一下子都越狱而四散跑得无影无踪，让官兵大感失败而必须从头来过去捉拿他们。

相反，在贼子只剩一人尚未被逮到的情况下，官兵只要集中力量守卫牢房即可，没必要多派人去逮贼子了，他们守株待兔，以期最后的胜利，那时自己这一方就能转化为贼子，去享受冒险和更能发挥灵活机动的乐趣。

那时路灯一般不够明亮，路灯杆下不几丈远就光线暗淡，不远处就几乎全黑，贼子躲在黑暗中的角落里，或隐身在某棵小树的后面，就不易被发觉，来营救时也是尽量借助黑暗与隐蔽悄悄接近，然后突然冲出，所以往往占了优势，对于扮演官兵的一方是很大的考验和挑战。

如果贼子一方只剩一人在逃，这一人却能成功救出那一串被捉在"牢"里急待营救的同伴，则简直是凭他一人就扭转了乾坤。

当然，官兵一方是有可能将贼子一个一个全数逮得来的，从而让自己这一方改扮做贼子，在接着进行的一轮游戏中获得不同的乐趣。

官兵一方也可能在这一晚总是捉不尽贼子，或虽然一时捉住了几个，却总是被救走，则不免陷入失望，只好明天晚上再来玩这游戏。

在这个斗智斗勇的游戏里，孩子们之所以较喜欢扮演贼子，是因为名义上虽是贼子，玩起来却是比较具有主动性、灵活性、冒险性。

做贼子的只要能有一次成功救出同伴，那就能有一种立功感、成就感，更不用说能数次有这样的成功以至竟然凭他一人营救出了全体，那时的自我感觉真是好极了。

　　在一个夜晚的时间里，至多只能既当一次官兵，又当一次贼子，而游戏不可能无止尽地做下去，到时无须家里来找人喊人，凭着感觉大家就知道时候不早，应该各散，回家睡觉，等明天晚上再来玩（如果下雨，就玩不成，只好坐在家里叹气）。

打不死

"打不死"曾经是人们小时候有趣的玩具,它较正式的名字大约该叫作木陀螺。也就是一个木头疙瘩,圆锥体而矮墩墩的,上面是个圆面,最下端尖尖的。你若让它自个儿好好站在地上,它是站不住的,哪有这么尖尖的东西能自己站得住的呢?但在你奋力抽打之下,它就在旋转之中站住了,越是多多狠狠抽打,它就站得越是稳当,这时它颇表现有一种悲剧意味。抽打停止,它就会渐渐停止旋转,就像逐渐失去生命而终于倒在地上,成了一个毫无生命的木疙瘩,也像一个暂时装死的小丑。它是越打越活,不打就死,而且,它虽然死了,却仍能活过来,只要你给它以足够的抽打。所以,它被叫作"打不死"真是很形象、很恰当也很幽默。它之成为玩具的形象兴趣和哲理兴趣,大约也正在于此。

玩具的最重要内涵应当是生命,比如,一支简单的木头手枪,也含有生命,它能让儿童在想象中射出并不存在的子弹,从嘴里发出猛烈射击的声音,一切在想象中煞有其事。汽车、飞机、动物,各种人形以至怪物的玩具,都随时含有不言而喻的生命,随时可以唤醒。

打不死这东西很时行的时候是有得卖的,并不是在正规的商场或店铺里,而是摆在卖主自家门口的小摊子上,最适合小孩子随时光顾。那出售的打不死做得比较好,以至是崭新的上了油漆的。但我们小时玩的并不是买的,究竟是怎么来的,却也说不清,最初该是某个孩子自己用刀子把一块木头慢慢地刻削出来的,或者是他家的大人为他做的。来路既不大能说得清,去路也同样说不清。总之,玩着玩着不知怎么就找不到、见不着了,并且是永远地见不着了,这大约正是很多玩具的命运。

在那打不死上面的圆面上,可以用颜料点上几个点子,当它旋转起来时,这几个小点子就成了几个彩色的同心圆,在那里旋转,似乎那里面隐藏有无穷的奥秘。

在放学之后，或在某个闲暇，孩子们就会从衣袋里拿出打不死来，一下接一下地抽打它，成了一种竞赛，比谁的打不死弄得好看、谁的转得平稳并且旋转时间较长。

特大的打不死很少见，小巧玲珑的常有，这两个品种旋转起来都别有趣味，多一种好笑和遐想。至于抽打那打不死的鞭子，都是自己动手做的，最简单的就是在一截树棍的一头绑牢一根不太阔也不太瘦的布带子，要抽打起来顺手而有力。那时都穿布衣服，在家里的针线匾子里找一根布带子是不费事的。

小淘气，去学棋

某先生对我说他对自己已成之性情，颇不满意，然而老大岁数了，得承认有些是很难改过来的，不像一件不满意的铁器，可以重新回炉。他的外孙很淘气，一者说明其灵智的正常，二者说明应当及时给以性情性格方面的培养。正好他的学弟兼朋友翁和兴办着泰州棋院，便将小淘气送到那里去学棋。人在少时会形成自己的爱好，翁院长自小对围棋的爱好竟然成了他如今的事业，这是众所周知的，他所著的长篇记事《泰州棋话》，有趣耐读，真实记载着海陵城的一段棋类活动史。既能乐其事，又能述其文，欧阳修《醉翁亭记》般的得意，翁和亦可称得之矣。把小孩子送到他那里去学棋，某先生当然放心。

某先生不会围棋，找了一本《围棋入门》粗粗自学了一下，在家中见有适当机会，就邀小家伙来一盘，倒也得到手谈的交流和乐趣。下棋当中，小家伙每每赢得输不得，或者缺乏耐心，或者也会来两句贫嘴，以至于大喊大叫，闹起恶作剧。当然，倘若是在棋院里跟小同学对弈，又有指导老师在场，他大约还是能遵守下棋规矩的，这里面就有对于性情、性格的一种有益的训练了。

在某先生的感觉上，小家伙的棋艺提高较快，现在要让某先生几子了。不过，即便让了，某先生也还是输，反正终究是中了小家伙的埋伏，难以挽回败局。终于，小家伙说某先生"笨蛋"，这是很自尊的他平生第一回得到这样的评语，不服气却也没有办法。

学棋约半年光景，小家伙从幼儿园大班毕业，进入小学，但棋院仍然坚持去的，没有半途而废。小学开学至今快两个月了，小家伙的成绩时好时差，守纪律的方面也时好时差，淘气大约要数第一，反映着一种不定性的状态。某先生想，如果没有在棋院的培训，这家伙的淘气怕是还要加倍。

进了小学，在家中的时间，除淘气之外，就用在小学的作业上了，每个星期仍有一定时间去学棋。前几天在棋院头一回参赛，是几十个小朋友之间的对弈，小家伙有赢有输，最终得到了名次，还获得奖品，是一个水杯，上面有陈祖德书写的"泰州棋院"这几个宝贵的字样。于是，他就把平时插在书包旁的水杯换下来，用上了自己的这个奖品，从中当然可以获得某种自豪感。这时某先生作为老爹关照儿子到学校里不要"瘆"，这也算是必要的一种指导吧，翁院长在颁奖时一定给他们讲过了。

某先生读到王国维在《叔本华的哲学及其教育学说》中写道："直观之知识，乃最确实之知识……彼之哲学既以直观为唯一之根据，故其教育学之议论，亦皆以直观为本。"他不知这一直观之说在如今教育方法中占何地位，问我，我也不知。我想，小孩子的教育，直观的方法当是易于接受的。而围棋与一切棋类一样，直观而具体，这是小孩子入手就有兴趣学习围棋的原因，既入其境，又逐渐得着抽象思维之乐，能往前算几步下去，愈下愈精。另外，对弈含有竞赛之意，而且是一种对抗赛，能刺激生命力与灵智的发展。教语文或算术的老师们，也深知直观的与竞赛的作用，每每在知识的教学中和对孩子们的全面培训中予以生动灵活的运用，让孩子多动脑筋，从这个意义上说，老师是"人类灵魂的工程师"，能高瞻远瞩地引导和指引着孩子们的成长。某先生很同意我这说法。

庙会的感动

庙会，一直作为农村市场的一种必要存在，但有一段时期这活动里还有没有现在的迎会、舞龙以至烧香拜佛之类的节目？估计是都省略了。至于"马弁"，则一定是取消了的，只存在于年长者述说的往事之中。听说如今的庙会中又有这一神异的表演了，于是很想见到。戏曲舞台上的马童，总是在将军出台之前，就很矫健地翻着跟头上台，然后做出牵马的动作，将军这才出台。这迎会队前的马弁，大约可算是马童的演化吧。其用一根铁钎穿过嘴巴，手执怪异的兵器，一副可怕模样，代替了马童的翻着跟头上场，凸显驱魔逐妖开路的意味。

三月三是海陵近郊的唐甸庙会，现在说是近郊，乘车一会儿就到了，从前却要算是远郊，须得划船行好远的水路才能到达。我们到达唐甸时，除了看到一路的春季农贸商品展销，向往中的锣鼓喧天、彩龙狂舞的场景，却因为去得迟了些而没有看到，颇为遗憾。于是我们就相约赶三月九的兴化蒋庄庙会。蒋庄在唐甸以北大约25千米，位于悠长的蚌蜒河畔，已经进入里下河水乡平原的腹地，历史上也曾长期属讨海陵。

农历三月的此时，农事相对清闲，也多有晴天。趁着这不冷不暖、不急不忙的时候，举办庙会，人们走亲访友、谈亲说事、欢聚取乐，真是再好没有，于是村庄人家庭院里欢声笑语随处可闻。庙会，同时也是农村的露天商贸会，各色生产生活商品摆满道路两边，大锹、小锹、竹扁、筛子、茄秧、瓜秧、草帽、扁担、斧头、铁锤、锯子，以至鞋袜、服装、竹椅、木椅、大桌、小桌……琳琅满目，叫卖声不绝于耳，行人拥挤，一条路要走好长时间。

庙会里较需要有所组织的活动，是迎会、舞龙、祭拜、歌会、唱戏……农村的人们在这短暂的闲暇中通过观看、参与这些活动，身心轻松愉悦，获得文化享受，而后就要投入耕作、栽秧、割麦、收菜籽儿……这些繁重的农业劳动了。

　　中华民族的某种生命密码，大约也较密集保存在迎会、舞龙、祭拜……这些坚韧保持着的旧形式里吧。每当这些节目闪亮登场，那生命密码就在人们心中被激荡着，给人们的现实生活灌注博大深沉的生命力……不到现场观看，则不会有这样切实的体会。

　　那迎会的队伍色彩缤纷远远地以马弁开路，向眼前走来，这时观众心里开始沸腾。终于见到久闻而未见的马弁了，扮演者除了手中舞着一件神异的兵器之外，的确是一根铁钎横穿嘴巴的，却并不出血，不知是何道理，这也就表现着它的神秘与可怕之处了。

　　蒋庄迎会队伍里的那些装扮，显然都演绎着一定的历史内容，年复一年地借着庙会向人们讲述历史。令我们为之震撼的有两个，一个是民间五义士走上刑场的扮演，一个是都天菩萨的出游。

　　我们先是在庙会的化妆室里见到一块牌子，上面写着"民间五义士"，这当是迎会的一项内容。一看那五位的名字，不觉惊讶：颜佩韦、杨念如、马杰、沈扬、周文元！他们当年因为反抗魏忠贤黑暗统治而被逮，英勇赴义。五人作为苏州普通百姓而能"激昂大义，蹈死不顾"，张溥写了《五人墓碑记》赞扬他们，此文被选入《古文观止》，后来也见于中学语文课本。然而，明朝末年江南苏州这5个平民的名字，为何会赫然出现在江北腹地乡村的蒋庄庙会里呢？其事距今已近400年，而竟然是这遥远乡村迎会队伍里的重要内容，明白而确然地以"民间五义士"来标明，令人顿觉"民间义士"几个字有千万钧的重量。耳边响起《五人墓碑记》里的那句浩叹："今之高爵显位……其辱人贱行，视五人之死，轻重固何如哉？"

　　民间五义士出现在蒋庄庙会里，是早就有的。这是多么令人感动的事情！参演以及观看的蒋庄民众里，晓得这民间五义士由来的可能不多，读过《五人墓碑记》的则可能更少。他们只是依着前人传授而年年如此扮演和观看，竟把那五人的姓名代代相传，似乎正应了"英雄不问由来"这句话，这般便是这般，要的就是这样伟大的悲剧精神……

庙会的感动　039

于是，我们在迎会的队伍里一下子判断出：那穿着古代红色囚衣，披散着长长头发，被押往刑场的古代五个犯人，就是民间五义士。他们的红色囚衣外面还穿有一件黄背心，上面有一个"囚"字，他们的背上插着招子，上面写着"斩"字。押着他们的刽子手，以及行进在前面的师爷、官老爷、武士之类的角色，也跟戏曲舞台上一样装扮，并行走得一本正经。观看的群众也许多半不明详情，但英勇就义的悲剧情感，已在心头激荡。读过《五人墓碑记》，我们不禁顿时热泪盈眶。虽然事情已经逝去几百年，但人民的批判与颂扬并没有停止。这是多么伟大而深沉的力量啊！

于是不免有个小小疑问：那扮演将被问斩的义士的5位年轻人，他们及其家人曾有思想障碍否？但我们旋即自解：即使他们不了解《五人墓碑记》所说的历史内容，却冲着"义士"二字而自愿被选来光荣地扮演这五人角色并展示这场面，所以他们表现得极其平静，没有做出破坏剧情的任何嘲讽的动作或表情，而这正是这个场面所暗示和需要于他们的。

都天菩萨的由来，很早就听说过。安史之乱时，张巡与许远同守睢阳（今河南商丘市市辖区），在极为艰苦的条件下坚守达11个月，兵尽粮绝，城池失守，二人先后不屈而死。"守一城，捍天下，以千百就尽之卒，战百万日滋之师，蔽遮江淮，沮遏其势，天下之不亡，其谁之功也！"韩愈《〈张中丞传〉后叙》的这个评语，说明了江淮民间自发纪念张巡的根由。韩愈笔下的张巡"长七尺余，须髯若神"，对《汉书》能点到哪里就能背诵到哪里，被杀害时"颜色不乱，阳阳如平常"。庙会广场四角亭柱子上的对联"独居睢阳当一面，无惭俎豆享千秋"，纪念的正是张巡。唐肃宗下诏为死后的张巡"立庙睢阳，岁时致祭"，张巡就此为神。江淮一带的民众尊其为"都天菩萨"。安史之乱距今1000多年了，而张巡在民间各地被这般纪念却年年深沉而浓郁，这正是：为天下苍生鞠躬尽瘁的人，人民永远不会忘记。

迎会游行队伍很长，扮演和表现着很多的故事与人物：有济公，有唐僧师徒四人，有着白盔白甲、绿盔绿甲、手持兵刃的将军，还有老寿星、财神菩萨和八仙。有小孩被穿上戏曲服装，背后扎起几面小旗，骑在假马上，由家中大人扶行着的,有挑花担的,有荡花船的,有扮着"十八相送"的。有身穿黄马褂捧着大印的太监,有身穿黑衣而前心后背写有"兵""勇"字样的,有举着"肃静""回避"牌子的,有各种仪仗、各种轿子,络绎不绝。特别引人瞩目的还有坐在轿里的黑脸包公,前面行着张龙、赵虎,专车载着的开封府虎头铡制作得特别巨大。接着却是一支身穿花哨时髦服装,吹打着洋鼓、洋号的男女队伍,更显得时空混杂,各色俱呈。

这支纷杂的队伍,除了步行的之外,还有踩高跷的。说起这个,著于春秋战国时期的《列子》一书中就记载"其技以双枝,长倍其身,属其胫,并趋并驰",表现的是一种异样的情趣。在这纷杂的迎会队伍旁边,忽然从后面奔来一条条长龙,往前赶去。它们似着意出发较迟,一条接着一条,匆匆忙忙,赶往将要大显威风的广场,青龙、金龙、白龙、黑龙……一条条巨龙从人们身边奔过,令人眼花缭乱。这场面用一个词可以来形容,那就是"狂欢"。

中国农村各地每年的庙会,不正是中国百姓民间的春天狂欢节吗?在这时候,上场表演的和在一旁观看的,都同时进入了一种喜庆的、狂欢的、精神释放的以至酒神般忘我而似与天地接通、浩大无边的状态……

庙会的高潮在于祭拜仪式。那时,被从庙中请出而一路被庄严护卫在迎会队伍中游行的都天菩萨金碧坐像,被无比虔诚而隆重地抬进那个专为他而建的四角亭中。人们焚香礼敬,敲锣打鼓,摇动起各色旌旗,各样扮演者与男女村民纷纷前来致敬行礼,三四个化了装的戏曲女子在这神像前咿咿呀呀唱了起来。她们受着全庄人的委托,向都天菩萨献上戏文,这正是民间的娱神吧?让人不由得想到《楚辞·九歌》,在歌唱与表演了《东皇太一》《云中君》等内容之后,唱起了《礼魂》:

> 成礼兮会鼓,
> 传芭兮代舞,
> 姱女倡兮容与。
> 春兰兮秋菊,
> 长无绝兮终古。

庙会的感动　041

这时，那四角亭上的对联"独居睢阳当一面，无惭俎豆享千秋"显得格外生动而闪耀着历史的光芒。人们每年一度，在这一天，用庙会的狂欢与五彩缤纷的仪式，来隆重纪念为人们鞠躬尽瘁死而后已的历史人物，一切是多么深沉、具体而感人。

迎会的队伍到祭拜时就自然解散了，各色扮相的人们如真正的舞台演员一样走出刚才庄严认真的戏剧情境，以本来的身份与广场上的亲朋互致问好，谈起家常来。只是他们扮演的衣装未卸，有的是包公，有的是将军，有的是官员，有的是神仙；有的被年轻人邀请着合影，有的抱起了家中的孩子，猪八戒与一个妇女聊起了家常，也有身上古装未卸，却专注地看起了手机的，一切都"时空穿越"了……

广场上舞起龙来了！龙舞起来了！四面聚簇而来的人群围站四周，看金龙、白龙、黑龙、青龙……狂舞，九条大龙，急速地无限地翻滚、穿插而行，是力之舞，是春之舞，是翻江倒海的狂欢之舞，惊心动魄，而这也是表演给神欣赏的，都天菩萨安详地端坐亭中与民同乐，他是庙会的灵魂。庙会这古朴的形式，凝聚和永存着民族精神，寄托着民族情感，与大地和春光同在……

希望的田野

采风是从古代传承而来的。据说《诗经》最初就是周代的统治者为了考察各地风俗的好坏、政治的得失，派出一些官员到民间收集民歌，精选而成了诗三百篇。后来，采风似泛泛为一般读书人的责任与义务。明代刘若愚曾说："世之君子，当不讳之朝，思采风之义，史失而求诸野，闲中一寓目焉，未必不兴发其致君泽民之念也。"

所以，由海陵作家协会组织前往罡杨镇去的老少君子，无论其思想上有无明确的采风打算，其实就体现着采风之意，这就是传统的力量吧。果然，事后不多时，同行才子们的好文章就发表出来了，兴奋地抒发其观感。

我们从一册《罡杨事略》可知，罡杨镇是整个里下河水乡平原的北部边沿，因为近在城市边沿，所以具有政治与经济上的特殊地位。近代以来，它既有着几十年民主革命时期的光荣历程，又有着70年来社会主义建设时期的艰苦奋斗。

老作家马春阳，20世纪60年代，曾经两下罡杨前来体验生活，大约因罡杨既充满里下河自然的与人文的风光，又处在城市边沿而有其交通与工作的方便之处吧。而今，当代才俊们前来采风，也可以说是继承老一辈文艺家的好传统了。

水路变为公路，罡杨镇与城市之间的交通距离，在感觉上很近了，虽然实际地理距离并没有改变。这里仍然保持着原始的乡野风光，这对于城市的人们颇具吸引力，他们希望看到更多的稻菽、芦苇、河流、湖塘、野草闲花、碧清的河水、美好的土地……，一切没有被工业所染指的农村景象，以及比较古老的民情风俗……

然而，居住在乡野的人们，更希望能把乡野的优点与城市的长处结合起来，并生活和劳作于其中。所以，站立在汊港岸边的采风者，得知好大水域的汊港将被浚深，因自发种植而严重坍塌的河坡将得到治理，就一致地称赞。同时，他们又建议：不要把河坡弄成硬质的，不要把清上来的河泥运到远处去抛弃，而要将其覆到河堤、河坡上来，或运到田地里去改良土壤，然后以自然野趣的特点来将河堤河岸美化。这样主客切磋的采风情景，生动有趣、意味深长而富有积极的意味。

某处蟹塘放干了水，呈龟裂状，或许正在进行必要的晒，而后将继续放水养殖。开挖农田成为或深或浅的水塘，养鱼、虾、蟹、鳖之类水产，已成为整个里下河地区的重要产业，满足市场供应的同时，良田的减少及其损伤却也令人感叹。据说已有要切实改变这一情况的精神，这是宏观的调整吧。作为城市郊野的罡杨，是否需要贯彻以及如何贯彻这个精神，也许将成为罡杨人需要思考的新课题。我们在蟹塘旁的小河边，看到很多垃圾，该是前来承包土地养蟹而在蟹塘边棚子里生活的人们抛弃的。这对于他们很方便，而对于罡杨的土地河流则是不够尊重了，这里面当有道德的一般要求和合同上的严格规定。我们高兴地听到，罡杨正在进行稻田养殖螃蟹的试验，这样的方向和方法，当更值得欢迎，这有个新名词，叫作"生态农业"或"绿色生态农业"。看来，人们对"绿色"与"生态"这样的字眼儿，有着很亲切以至很向往的感情。

具有多功能的精致大棚，是用于培植目前颇具经济价值的盆花的，这种盆花芳名红掌。花儿开放得眼前一片美丽，据说销路很好。在城市近郊，开发这样的智能大棚、园艺项目显得较为适合。正如散文作家薛梅当场感慨，"绿色和生态成为此行的最大感悟，这也是当下乡村发展的最重要基点"，"一定不能辜负这脚下的土地和河流"。真是赤子之言。

参观者与陪同的村镇人员热情交流观感，共同探讨今后如何深化发展，都有一种齐心协力、建设美丽家园的热情和理想，比如，作为近郊，似最适合开发农家乐项目，而根据现有田野村舍等状况，当如何着手，以及将遇到怎样的困难，需要得到怎样的支持与协调，都感到需要积极重视、认真面对。所以，此行时间虽只半日，于客于主，都该称颇有收获，行虽止而意犹未止。

祝罡杨的明天更加美好！

蝉之鸣

　　杨绛的小说《洗澡》第八章开头是这么一段话："夏天过去了，绿荫深处的蝉声，已从悠长的'知了，知了'变为清脆而短促的另一种蝉声，和干爽的秋气相适应。"

　　这段话让我想起了蝉的鸣叫声。说它鸣叫，可能是不科学的。据说蝉身体结构复杂，有如一部乐器，腹部空腔外面的一层薄膜，可借着身体振动而扩音辽远，这就是蝉声的由来了。那空腔，那天然生在空腔上的薄膜，令人想到胡琴、琵琶、提琴、竹笛之类乐器的构成，似正可拿蝉的空腔结构为例来说明了。

　　我们最早知道蝉，该是入夏以后的某日，空中忽然传来那脆亮悠长的鸣叫"假——"，这一声十分昂扬，并且无限似的长长地保持着它的音高，令人精神不免为之一振。人们说，"假牛叫了！"人们说时带着一种兴奋，那兴奋的意味是丰富而复杂的。当无数只夏蝉齐鸣的时候，确实可以令人联想到田野上的庞然大物——水牛。于是，仰起头想辨别那叫声来自何方何处，然而终于不得要领，反正那第一声蝉鸣与随之而来的众蝉合唱，突如其来而且震荡整个天空，仿佛是为了大声通知尘寰中的人们：夏天到了！

　　人们心安理得地在蝉鸣声中进入了夏季。如果居住的地方树木较多，因而蝉多，渐渐地，则不免会觉得蝉声太多太密而且鸣叫得太勤力了。当这样连续不断的蝉声一时暂歇，人们随即觉得一阵安宁、轻松以至阴凉。

　　南北朝时王籍说"蝉噪林逾静，鸟鸣山更幽"，把所感觉到的妙不可言的境界写了出来，却似淡然道出、无费锤炼，真是得之自然了。多少年来，蝉使人间产生了无数的诗文。

　　蝉是我们夏天的朋友，它按时而至，不离不弃，又按时而去，悄无声息。杨绛先生也注意到，随着那嘎嘎而鸣的蝉的悄然离去，则有另一种蝉悄然到来，其所鸣叫出来的是"清脆而短促的另一种蝉声"。前一种蝉与它的噪鸣，伴随着炎夏；后一种蝉与它的"清脆而短促"的鸣叫，则伴随着"干爽的秋气"。那么，我们且称前一种为夏蝉，而后一种为秋蝉吧。

秋蝉，在我们的经验上，其鸣叫声也许可以勉强注为"既溜"。与夏蝉奔放的一声"假——"不同，它是低吟悠长的一声"既——"，末后带一个短促而轻的尾音"溜"。秋蝉的这一声与一般形容蝉鸣为"知了"，其音甚为接近。而夏蝉，当它被惊飞而去时的一声嘶叫，才是近于一声"知——"的，要不然它只是自在地叫着它的"假——"。

夏蝉的个儿较大，通体乌黑而亮；秋蝉体形较小，小到夏蝉的一半大也没有，它似是灰黄色的。

我们一般似只粗知有夏蝉与秋蝉，据说生物学所记录的蝉已达 2000 或 3000 余种，这就是我们一般所不能知道的了。古来《庄子》以蝉喻见识浅短，世人却偏以"知了"称之，这真是颇有意思。

蝉之蜕

《文心雕龙·辨骚》篇里以蝉为喻来赞美伟大诗篇《离骚》："蝉蜕秽浊之中，浮游尘埃之外。"这两句诗，来自对蝉的生物特性的了解，那形状美丽而特异的蝉，是从土里爬出来的，爬出之后，就蜕其壳，然后高栖树上，飞于青天。

据说，雌蝉以其尖刺插进树木产卵，至第二年幼虫出来并深深钻进泥土之中，要长达数年以至十几年才出土，而在土中要脱壳多次，最后一次脱壳在破土而出之后进行。美丽的蝉飞走了，留下一个空壳在树枝上，被称为"蝉蜕"，人们收了去做药材。这药材该是凉性的了，"用于风热感冒，温病初起，咽痛音哑，麻疹不透，风疹瘙痒，目赤翳障，急慢惊风，破伤风证，小儿夜啼不安"等症。且说那最后一次脱壳，可称是半公开的了，只要留心，就可在树干的低处发现它，其每于这时被人逮住，称为"肉蝉"，犹如笼中小鸟被称为肉雀儿，真是可怜。

蝉蜕皮时，如果有耳，是自己可能听到破壳的炸裂之声的吧！它的背从当中裂开，新的蝉从里面撑身出来，一边逐渐出来，一边肢体逐渐由浅变深而见坚硬，蝉翼被风吹干而伸展开来，渐渐长过身体，透明美丽洁净。停了一会儿，吹干了身子，呼吸了地面上的气息，这成熟了的蝉，就像直升机一样立地起飞而去，不知"羽化而登仙"的句子是否由蝉而得着的。

由春入夏的晚上，有人（有的还领着小孩一起）打亮手电筒，在小树林里寻找刚刚从泥土里爬出来，却还没有来得及脱掉外壳的蝉，于是把它逮进囊中，据说，可以趁其还在壳中的"嫩"而用油炸了吃。

还有人能从地上看出蝉在地下的暗藏，则干脆挖开地面，活生生把在地下多年深藏以期修成正果的蝉挖了出来，收进囊中。于是，往年蝉噪不已的小树林，今年则尚未听到有蝉声，或许正与这样了不起的事有关吧？

蝉在地下潜藏多年而后钻出来的力量之大，让人觉得有点儿不可思议。比如，人们无数次走来走去的泥土的场地，是被踩得结结实实的了，若要用锹去挖，也得花点儿力气才能逐渐挖下去。可是，某天你会突然发现，那地上出现了几个或十几个枇杷大小的洞口，人们说，那是蝉从地下钻出来、爬走了。想来，它钻出后，是艰难爬着，要寻找到一个可以让它着爪之处，以便把自己固定在那里，奋力进行它最后一次的蜕壳，这个初出地面的过程，对于它，是很危险的。

　　一只这样微弱的昆虫，要从那板板实实的地下钻出来（其所埋藏的深度至少也要有一尺以上的吧），得要有多大的掘进力量和持久努力？确实，蝉是有一对较为粗大的前肢的，虽没有螃蟹的两只钳子那样形象夸张，却也会具有它的力量，它就是用这样一对柔弱的工具，向上掘出新生的路来的。它探出地面，是在傍晚和夜间，假若是白天，它立即便要遭害了，这时机的把握，该是天然具有的能力。然而，如上所述，尚有若干的危险在等待着它。想来真要让人对它说一句：蝉啊，你真不容易。

梅戏印象

我没有能亲眼见到梅兰芳先生演戏,他回乡访祖寻根,为家乡父老演出时,我是一个小学生,只是耳闻了这件盛事,咫尺之间,却无缘能进到剧场里去。后来从屏幕上见到梅先生的表演,也不多,但凡看过的,我都觉得永久难忘。

先谈《霸王别姬》。现我从屏幕上看到的似只是其中的一段,在我的脑海中永久难忘的有四点:

第一是虞姬的舞剑,这舞剑,应当说是剑舞。那让你感到一种独特的美的享受的,在于刚柔的结合。仔细琢磨,这刚柔结合的内涵,是一个杂多的统一,比如,一方面是两军对峙、四面楚歌的紧张严峻形势,另一方面是军帐中一位天下美女的出场;一方面是这样一位天下美女,另一方面却是她身着戎装,手持利剑;而剑舞的本身,也是刚从柔出,柔中见刚。据说,对于这剑舞的设计,梅先生是很下了些功夫的,因而才那样婀娜多姿、独具特色。这段剑舞成了美不胜收的戏剧语言,也是全剧的一个精彩传神之处,它传达了特定的戏剧情境与主题,以美的形式达到了深刻,所以使人难忘。

第二是那剑舞时的鼓点,脆崩、紧张而优美,张弛有度,与剑舞密合为一体,令人听之荡气回肠,直欲叫绝。

第三是丑与美、简与繁、静与动的奇特处理。楚霸王是丑,是简,是静,以衬托虞姬,给人一种奇妙的观感,在总体上让人感到一种写意的美,若换成一种写实的处理,就味道全无、全然不同了。

第四是它的文学性。关于这一段戏的史实在《史记》上仅寥寥数笔,看了《霸王别姬》,我觉得它把史实中所含的文学性表达得很充分、很恰当,而它的形式是戏曲之种种,包括梅先生的一段剑之舞。

再谈我从屏幕上看过的《宇宙锋》。这出戏的表演性也很强,从情节来说，并不复杂，在戏中的赵高、胡亥，也尽可能地是简与静，有时只是很简单的一笔，而整个的重点全在赵女的表演。梅先生扮演的赵女，一举一动是那样合乎角色身份与情境，情绪的每一变化都以身段、步态、水袖、眼神、方位的移动来显现之，是那样章法谨严而又自然优美，是那样要而不繁而又尽传其神，用炉火纯青去形容，虽说用语不新，但的确令人感到是境界极高。这其中的艺术三昧在于写意性，但表演上的写意性却是传达现实性的。我以为梅先生的表演艺术之所以举世公认，是他的戏完全以简驭繁，代表中国戏曲的写意性的特点而又深刻模仿了历史现实。我不知道如果今日的戏曲剧本也像梅先生的演出本那样简单，演员们能否表演得出。梅先生曾说，他演《宇宙锋》演出瘾来了，可见他在有限的情节中不断地深入和细化对于赵女的表演。

说到《贵妃醉酒》，从文学上设想，要写出杨贵妃失意的心态，同时写出深宫中环绕着这个女子的环境，谈何容易。至于你所写的能传达出那种典雅、那种特殊的芬芳，并且深入人心，又是谈何容易？而让你所写的竟能具有典型性，让人们承认这就是古代泱泱大唐帝国的深宫，顶尖的富贵生活，那就更不容易了。《贵妃醉酒》做到了这一点。它的剧本简单、写意到了极点，但看梅先生的表演，又觉得无比丰富与具体。梅先生用他的表演传达出了无比多的内容。我们的眼睛不让自己放过梅先生扮演的贵妃的每一个细微动作，生怕看漏了。我们觉得那贵妃的一个眼神、一个小小的移步，都是无比重要的。白居易的诗写到杨贵妃天生丽质，梅先生的表演竟能把这一丽质细腻刻画，传达到观众心里，通过这位醉酒的贵妃，那深宫也富丽可感，那历代无数的贵妃也可想象了，尽管舞台上我们所看到的很少，感受到的却很多，得到如临其境的艺术满足。

谈梅先生的表演艺术，当然不止于身段的表演等方面，那一句道白、一句歌唱也同样万分重要，既然梅派是唱功戏，那唱腔与梅先生的歌喉，本是我们注意的重点，以至我们今日见一新的演员，只要是唱梅派的，一开口便受到了观众极严格的鉴赏，可见梅先生典雅之至的唱腔与圆润清丽的嗓子，是如何深入人心了。

除了梅先生的歌唱给我们美的享受之外，在人物对白方面，梅戏也能体现中国戏曲的声音之美。杨贵妃的典雅之音与高力士、裴力士的京腔对白，真如大珠小珠落玉盘，悦耳极了。

芥川与梅兰芳、与胡适

北京日本学研究中心的秦刚教授著文介绍20世纪20年代初，芥川龙之介在北京的有关情况。日本文学史上这位重要的作家，来到北京，接触了京剧艺术，做了考察与研究，发表了他的精辟见解。

秦刚教授写道，芥川龙之介以大阪每日新闻社海外特派员身份，于1921年3月至7月间访问了中国的十几个城市，购得12卷本的清代戏曲集《绘本缀白裘》以及民国时期出版的《戏考》，作为珍贵收藏带回日本。后来他写了《中国游记》一书，在第一章《上海游记》中用了很大的篇幅介绍京剧基础知识及其演出形式；在《北京日记抄》里用了一章的篇幅回顾他在大栅栏同乐园观看昆曲。

他在中国考察期间看了60多出戏，估计应有十多次进过上海与北京的有关剧场。他在北京逗留了一个月左右，后来又去过大同、天津。《中国游记》里多次提到梅兰芳，他在吉祥剧院观看了梅兰芳与杨小楼的演出，其笔下曾提到梅兰芳演出嫦娥。

他在北京、上海期间的两名向导是波多野乾一与村田孜郎，此二人都毕业于上海东亚同文书院。村田是梅兰芳1919年访日演出时的随队翻译，并在日本出版了《中国剧与梅兰芳》一书，这是海外介绍中国京剧的第一本书。村田与荀慧生有私交，他带芥川观看了荀慧生的演出，观看了盖叫天的演出。村田自己爱唱《武家坡》，芥川笔记本里记有《武家坡》这个唱段的全部唱词。波多野在梅兰芳1924年访日时担任舞台监督和陪同，写过《中国剧五百番》，介绍了500出中国剧目的梗概，此书于1940年改版为《中国剧大观》。波多野曾在北京宴请尚小云、余叔岩、贯大元，并在三庆园观看了他们的演出。

另有一位当时居住北京并名噪一时的日本剧评家辻听花，早年执教于江苏两级师范学堂与江南实业学堂,从 1912 年起,一直在《顺天时报》连载戏评,这正与王国维开笔写作《宋元戏曲史》同时。辻听花陪同芥川在同乐园看戏,其间大叫一声"好",把芥川吓得不轻,辻听花作为内行盎然有趣地解释说,"虽然墙上写着'不准大声叫好',但像我这样叫是可以的"。辻听花用中文编著的《中国剧》一书于 1920 年出版,是较早的一部中国戏剧史著作,此后他又用日文改写了一遍,于 1924 年出版。

梅兰芳在第二次访日时,于 1924 年 10 月 27 日组织了一次座谈会,邀请了芥川龙之介参加。座谈会之后,芥川赴剧场观看了梅兰芳演出的《虹霓关》,在其警言集《侏儒之言》里著文论证"并非是男人爱追逐女人,而是女人爱追逐男人",除了举英国作家萧伯纳,更举中国戏曲《虹霓关》《董家山》《辕门斩子》《双锁山》《马上缘》为例。他认为,京剧里表现这些女豪杰主动追求男英雄,是非常有道理的。他不同意中国哲学家胡适的观点,胡适对他说,除了《四进士》,其他京戏都无价值。他写道,如果胡适读了他这篇《看〈虹霓关〉》一文,不知"能否消雷霆之怒,不要对京剧的价值全盘否定"。

1921 年 6 月 27 日,芥川在北京同乐园看昆曲,当晚见到胡适,在胡适日记里有载。二人用英文对话,话题就是中国戏曲改革,胡适在《日记》中认真做了记录。芥川对京剧提了些意见,认为舞台背景不宜大红大绿,地毯色调也不能太浓重,乐工应该坐到幕后去,舞台助手应着素色衣,不应着便服在台上跑来跑去。现在看来,这些建议都是有益而及时的,现在都改正了。不过有时为了新鲜,也有把乐工摆上舞台的。

秦刚先生写道:"在 20 年代,像胡适这样的新派知识分子,对京剧多持一种怀疑与否定态度,可是芥川龙之介在旅华期间,却深受村田孜郎、波多野乾一、辻听花的影响,比较早地发现了京剧艺术与文化的价值。"

也许,愈是广阔的世界视野,愈易感到京剧为代表的中国戏曲文化的艺术魅力吧。"不识庐山真面目,只缘身在此山中"。胡适显然是以西方戏剧形式为参照来看待中国戏曲的。

读鲁迅《略论梅兰芳及其他》

鲁迅此文，说的是戏剧艺术不要被"士大夫据为己有，罩进玻璃罩"。他以当时梅兰芳与谭叫天相比，认为"梅兰芳不是皇家的供奉，是俗人的宠儿，这就使士大夫敢于下手了。士大夫是常常要夺取民间的东西的，将竹枝词改成文言，将'小家碧玉'作为姨太太，但一沾着他们的手，这东西也就跟着他们灭亡"。

清朝逝去，五四运动的发生也近20年，"士大夫"的势力、风度、意识之类，还有浓厚存在，不免在"风雅"之下贯彻着他们的审美标准，鲁迅的话，就是对这种做派的讽刺。

梅兰芳这"俗人的宠儿"，就被"士大夫"发现并且来下手了。鲁迅于是对围绕在梅兰芳身边而为他做策划的一些人提出了如此批评。假如那时梅兰芳身边围绕着的不是这样一些"雅士"，那么梅兰芳的艺术走向也可能是另外一种样子。

鲁迅写道，当时，"士大夫们也在日见其消沉，梅兰芳近来颇有些冷落"，他说，这"因为他是旦角，年纪一大，势必至于冷落吗？不是的。老十三旦（注：梆子名旦侯俊山）七十岁了，一登台，满座还是喝采。为什么呢？就因为他没有被士大夫据为己有，罩进玻璃罩"。

鲁迅首先是对于那些剧目有所不满，他写道：

梅兰芳"未经士大夫帮忙时候所做的戏，自然是俗的，甚至于猥下，肮脏，但是泼剌，有生气。待到化为'天女'，高贵了，然而从此死板板，矜持得可怜。看一位不死不活的天女或林妹妹，我想，大多数人是倒不如看一个漂亮活动的村女的，她和我们相近"。

此言说的是"多数人"的欣赏要求，梅兰芳的天女表演得再好，剧本中的文化之古雅再可观，舞台上的天女或林妹妹，毕竟缺着现实感，不是那样

"泼刺，有生气"，直可形容为"不死不活"。事实上，我们今天已不见《天女散花》全剧的演出，它永远只作为一个剧本而存在于《梅兰芳演出剧本选集》里了。这就是鲁迅所说梅兰芳被"士大夫"们"据为己有"而"罩进玻璃罩"。鲁迅说得尖锐、不中听，但并不曾说错。

鲁迅之言意思是戏剧应与普通人"相近"，而不是"天女"般高雅到天上去，即使把林妹妹搬上舞台，也应当贯彻这一原则。至于说梅兰芳在士大夫帮忙之前的演出，有"猥下、肮脏"之处，梅兰芳却是一直有所自觉、有所修改，只是由于社会时代的原因，仍有残余。梅兰芳一度大编大演时装新戏，也反映了他戏剧革新的思想。后来回到古典，与"士大夫"们合作甚欢，最终定型了他的舞台艺术。今天我们只得说，这些士大夫歪打正着，对于成就了梅派表演艺术，功不可没。而鲁迅的讽刺，对于这"正着"也一定是起了作用的。

中华人民共和国成立之后，梅兰芳在改造剧目及其表演方面尤其努力，自觉地把以前演过的或祖上传下来的剧本加以严格审视，有时他觉得那简直"满目全非，真想一火而焚之"。但他的年龄与精力已不允许，遂转为对常演的几出戏进行精加工，比如，对《贵妃醉酒》中一些黄色成分加以扬弃，重点转为表现宫廷妇女内心世界的抑郁痛苦。将"色不迷人人自迷"这样的唱词改为"酒入愁肠人已醉"之类；将"安禄山啊，想当初，娘娘何等地待你、何等地爱你"之类完全改掉，彻底剔除色情一类的东西，使得这出戏的品位与文学价值，高于当年"士大夫"们所要求的境界，这样最后形成了"梅八出"。加上《穆桂英挂帅》，梅兰芳定格了他的演出剧目和他作为绝世风流的大艺术家的存在。鲁迅的尖锐评论所起的积极作用，应该是存在于其中的。

鲁迅讽刺梅兰芳吗？

鲁迅的一些杂文语涉梅兰芳，在这篇短文中，我们仅就《论照相之类》之"无题之类"来探究：鲁迅讽刺梅兰芳吗？

鲁迅说，近十年北京的照片，其人阔了，则照片放大；其人"下野"，则其像不见，只有梅兰芳的照片不是这样"挂起挂倒"，梅兰芳的天女散花、黛玉葬花这些照片，也确乎比那些"挂起挂倒的东西标致，即此足以证明中国人实有审美的眼睛"，而照相馆有时"放大挺胸凸肚的照相者，盖出于不得已"。这段所讽刺的是军阀当政横行社会的情况，对梅兰芳不但并无不敬，而且指出他的剧照常在，那些军阀达人们的照片却不长久，中国人是能识别好丑的。这是第一层比较，将梅先生与"阔人"比较，予以肯定的是梅兰芳。

鲁迅还说，梅兰芳扮演的黛玉，"眼睛如此之凸，嘴唇如此之厚"，而小说中的林黛玉给他的印象，不是这样天女麻姑似的"福相"，而"该是一副瘦削的痨病脸"。如果说这是对梅兰芳失敬，那么也同时对林妹妹失敬了，所以其意实不在此。是说梅兰芳之美是美在艺术上，不是容貌之类的外表上。而社会上一些人模仿着梅兰芳扮起天女之举来，拍了照片，"像小孩子穿了新衣服，拘束得怪可怜"，那不是梅兰芳的艺术。"梅兰芳君"的艺术是"永久"的，至于其"其眼睛和嘴唇，盖出于不得已"。那些装模作样"拘束得可怜"的照相，毕竟没有资格挂到照相馆里去。这是第二层比较，将梅兰芳与社会上附庸风雅的现象比较，予以肯定的是真正艺术家梅兰芳。

最后鲁迅写到泰戈尔访问中国，有"几位先生"把泰戈尔当作"一瓶好香水似的"，似乎"熏上"了某种"文气和玄气"，这是对当时文坛一些人的讽刺。"然而够到陪坐祝寿的程度的却只有一位梅兰芳君：两国的艺术家的握手。"这分明是认梅兰芳为能够并列于泰戈尔的艺术家，而其他人则不是。在《"公理"的把戏》一文中，鲁迅写及他与陈源"尝在给泰戈尔祝寿的戏台前一握手",说明鲁迅亲身参加了欢迎泰戈尔的活动,所以他的评价也包含着一种深刻的现场感受。这是第三层比较,将梅兰芳与文坛上一些名流比较,予以肯定的是梅兰芳。

接着,又回到照相馆的问题上来,他说,泰戈尔在中国的时候,中国的一些诗人,时髦地戴起了泰戈尔式的帽子,而泰戈尔离开后,这些"诗贤头上的印度帽也不大看见了,报章上也很少记他(指泰戈尔)的消息","装饰这近于理想境的震旦(按:指中国)者,也仍旧只有那巍然地挂在照相馆玻璃窗里的一张'天女散花图'或'黛玉葬花图'"。显然,这是指出:"巍然"的梅兰芳的艺术不像时髦的诗人那样随风而来又随风而散。鲁迅这句话也是肯定梅兰芳的艺术,而不是相反。

接下去单独另起一行,鲁迅只写下一句话:"唯有这一位'艺术家'的艺术,在中国是永久的。"此言含义复杂,讽刺着那"唯有"的荒芜,这是指向当时中国文化总体的状况。鲁迅是要引起人们对中国文化及其现状的深思,而不是否定梅兰芳的艺术,更不是跟梅兰芳过不去。"艺术家"三字打上引号,并非不承认梅兰芳是艺术家,而是指出真正能与泰戈尔并驾的真正艺术家在中国的稀少与孤独,并且还会被人们如上所列几条的歪曲的理解与欣赏及利用,希望人们深思,以求中国文化艺术的广阔发展。

梅兰芳剧本的人民性

从初上舞台，到最后一出戏《穆桂英挂帅》，梅兰芳演出过的传统剧目甚多，新剧目也很多，越近晚年，所演剧目就越是递减。1954年出版的《梅兰芳演出剧本选集》里的剧本是10个，都是他亲自参与编定的。1961年他逝世后，依其志增加《穆桂英挂帅》，共是11个剧本。

《宇宙锋》演的是赵女装疯，成功拒绝了入宫为妃，抵制了做奸臣的父亲赵高以及荒淫无道的昏君胡亥，情节中渗透着反抗压迫、抗拒王权的精神。对着身为皇上的胡亥，赵女敢于说："我想这天下乃人人之天下，非你一人之天下，似你这样任用奸佞，沉迷酒色，这江山，你家未必坐得长久哟！"她又唱道："这昏王失仁义民心大变，听谗言贬忠良败坏了江山。"这种内容，无疑地，是勇敢而坚决地体现着一种人民性。赵女所说的那句关于天下的话，并不是一句新词，而是2000多年前的一句话，在《吕氏春秋》里。

《贵妃醉酒》刻画的是一个妃子的苦闷，思想内容本来有芜杂，正如《前记》所说："这个戏是流传一百多年的传统剧目，舞蹈性很强，但也含有一些暗示性的色情表演。梅兰芳先生多年来不断地进行修改和整理，删去了不健康的部分，使它成为一个比较完整的古典歌舞剧，同时也表现了封建时代妇女在宫廷里面的苦闷心情。"这就是化腐朽为神奇，实现了对旧剧的"取其精华，去其糟粕"。

《奇双会》搬演的故事是：县令夫人李桂枝发现父亲蒙冤陷在大牢，而她丈夫恰为新任县令，乃求其为父申冤，恰好失散的弟弟李保童做了巡按，成为一个更有利的条件，于是，这桩冤案得以真相大白，不幸失散的一家人重新团聚。这样一个悲剧故事，被用喜剧的风格搬演上台，是它的艺术特点。而故事内容，则显然是旧社会无数冤案和不幸人民的写照。丈夫恰好做了县令，弟弟恰好身为巡按，是冤案得白的条件，这种局限性，也是剧中那个时代的反映，人们在看戏时，对于这一点，总是得鱼忘筌，而不会去吹毛求疵。

《凤还巢》是一出误会喜剧，"凤"指剧中男主角，他将突然出现的丑女，误认为是自己的未婚妻，于是逃走，后来弄清真相，于是"还巢"，一桩美满婚姻差点被这误会所破坏。这出戏的主题不像《奇双会》《宇宙锋》那样沉重，而可以表述为"丑陋的愿望不应当得逞，美好的事情应该有好的结局"，这是无数代人民的善良愿望，这种愿望在现实中永远起着维护正义、鞭挞丑恶的作用。

《黛玉葬花》表现了林黛玉的孤独感，而这种孤独感有着深刻的社会历史原因，葬花就是林黛玉这一人物悲剧性的一个典型性表现，被戏剧家敏锐地捕捉住，拿来搬上舞台。虽是黛玉一人之事，而概言以"女儿家的心事，千古同情"，也就深化了这出戏的人民性之所在。

《天女散花》与《洛神》二剧，皆为神话题材，有着很高的文化和文学含量，引得多少文豪名士痴迷。要谈二剧中的人民性，则表现为《天女散花》中某些道破红尘的深邃思想，以及其中两个小和尚的对话内容。《洛神》说的是曹子建与甄后得不到的实现的爱情，它本是人间无数这样事实的集中而优美的表现，其人民性也是不言而喻的。这两出戏都是高雅之作，其思想性与那种现实主义的作品不可用一把尺子去量，而在某种哲理性和诗性上显得更为深邃些。《天女散花》是梅兰芳早期常演的古装戏，《洛神》是他的中期代表作之一，因舞蹈成分较重，也就不适宜中年以后的演出了。

《天女散花》现在舞台上一般只是表演一下绸舞，离全剧差得很远。演员要能把剧中深奥而优美的唱词弄懂都不易，但只有在弄懂的基础上才能表演出意境，正如梅兰芳在谈《游园惊梦》时所说："表演者如不深刻理解唱词的意思，就无法体会角色的人物性格。"他演《游园惊梦》几十年了，1961年拍电影时，"又重新把全部唱词和几位老朋友一字一句地细细钻研，自己觉得似乎又有了新的理解，因此，在表现杜丽娘的性格方面，和过去有所不同"。而《天女散花》唱词则更为深奥，虽没有列在"梅八出"，却收录在《梅兰芳演出剧本选集》里，"阳春白雪，和者盖寡"，一般演员难演，一般观众难以欣赏到位。从剧本看，它的确是一部好戏，有着宗教剧的神秘辉煌，又充满人间生活的热烈氛围。

《霸王别姬》中深沉的历史感，就是人民性；虞姬对于爱情的坚贞，就是人民性；对霸王这一人物性格复杂性的认识和表现，就体现着人民性。

至于体现爱国主义、英雄主义的《抗金兵》《穆桂英挂帅》，以及表现异族铁蹄蹂躏下人民苦难的《生死恨》，其人民性，更是毋庸赘述的了。

总的来说，梅兰芳演出的许多剧目，是在艺术地凝聚和表现着充分而丰富的人民性。

关于男旦艺术

鲁迅在《论照相之类》中说，外国一些文艺家的照片似乎都是有缺点的、不美的，"托尔斯泰、易卜生、罗丹老了，尼采一脸凶相，叔本华一脸苦相，王尔德有点呆相，罗曼·罗兰怪气，高尔基像个流氓，虽说都可以看出悲哀和苦斗的痕迹，但总不如天女的'好'得明明白白"。下文还顺带地讽刺说："假使吴昌硕翁的刻印章也算雕刻家，加以作画的润格如是之贵，则在中国确是一位艺术家了。"

这些话总起来看，带着反思和讽刺：那加了引号的"好"字，是指向中国文化里"瞒和骗"的现象，即总是不能直面正视现实，总是在某种强势面前弱化和退缩自己。

鲁迅却并没有说梅兰芳《天女散花》的艺术与照片不好，还举出许多外国文学家、艺术家、哲学家面相的"丑"来做对比，其借题发挥要求文化反思，而绝非针对梅兰芳或吴昌硕的艺术做攻击。

他说："我们中国的最伟大、最永久的艺术是男人扮女人。"这句话点明了本文讽刺的对象并不是舞台和艺术家，而是借此指向中国旧文化中深刻病态的东西，启发人们深思："男人扮女人"岂止在舞台？

"从两面看来，都近于异性，男人看见'扮女人'，女人看见'男人扮'。"这句话并不是针对着旦角艺术，而是借着旦角艺术来说事，指向奴婢性。

由此可见，鲁迅是从梅兰芳的旦角艺术现象出发，进入中国历史文化的深层次，从而做出尖锐的文化批判，借着肯定梅兰芳的高度表演艺术，无情批判中国自古以来的某种现实与文化。不应以此误解鲁迅，而应以此认识他的思想的彻底和勇猛。有信息说，梅先生对鲁迅从未有过微词，对中国文化深有了解的梅先生是理解鲁迅的，我们有理由相信这一信息。

文章的最后，鲁迅几乎是重复一遍地说："我们中国的最伟大最永久，而且最普遍的艺术也就是男人扮女人。"较前又加上了"最普遍"三字，是更明确地把文章归结到广泛的历史文化的批判上，而绝不是针对着梅兰芳以及旦角艺术。

近见有"梅派第三代嫡传弟子胡文阁"扮演虞姬，欣赏之余，不觉有一感想：唱梅派的女演员甚多，较著名的也有不少，很多都是在胡文阁之前就为人熟知，似未见有胡文阁这般嫡传桂冠的隆重宣布。男旦艺术的道理在于，因为男扮女装，就把最后一层物质的、生物的因素剥离开去，而进入艺术表演的最纯粹的层次。与女演员扮演女角色不同的是，男演员扮女角色，不但要模仿戏中的女角色，还要模仿女性本身，而他却是男性，所以他的模仿要经受艺术的更严格的检验，从而进入更深层次的艺术表演，梅兰芳的艺术就是这样的艺术。女性扮演女角色，因为她自己就是女性，所以易凭她女性的天然条件，反而不容易进入艺术之最纯粹的层次，此所以"四大名旦"都是男人的原因吧。不论男扮女装形成的历史如何，当这一艺术出现，并且到了梅兰芳手中，便被他发挥到了艺术的极致。梅兰芳是中国舞台表演艺术的代表人物，是举世公认的，鲁迅对此也并无否定。

鲁迅对于男人把自身女性化（比如太监现象）进行历史文化的批判，并没有对舞台旦角艺术予以否定，只是借此往深处说话罢了。而梅兰芳由衷地认为，他的艺术在1949年中华人民共和国成立后获得了最正面、最本来的意义。

梅余情谊

余叔岩年长梅兰芳四岁。其祖父余三胜，与程长庚、张二奎并称"老生前三鼎甲"；父亲余紫云，是梅巧玲得意门生，颇有成就，被评论为"打开花衫门路的先驱"。余叔岩才华横溢，少年得志，被誉为"小小余三胜"，但他一度灯红酒绿、纸醉金迷，没有能保持住艺术家的操守。好在他后来又振作起来，经过八九年努力，嗓子等方面的功夫有所恢复，他希望能重返舞台，就托朋友对梅兰芳表白说，"只愿为兰弟挎刀"。

梅兰芳二话没说，表示很高兴与余三哥合作。于是，他引荐余叔岩加入戏社，但有关戏社的组织者却不愿。他们不说看不上余叔岩，而是说社里已经有老生王凤卿，再加一个老生，戏不好安排，并且多了开支。在梅兰芳劝说下虽勉强同意，却又压低余叔岩的所得，梅兰芳每场80元，王凤卿40元，余叔岩只有20元，梅兰芳要求给余叔岩再加些，组织者以负担重拒绝。好在余叔岩只要重出江湖，暂不计较收入，爽快说，能为兰弟挎刀就行。

然而跟余叔岩合演什么戏，却是需要仔细考虑的，需要避开与王凤卿合作的戏，另外还要照顾到余叔岩的嗓子还没有完全恢复，得将就着。数日之后，余叔岩提议合演《梅龙镇》，梅兰芳爽快同意。

但是，《梅龙镇》这出戏，梅兰芳虽然会，却是没上台唱过，原因是多年来他一直与王凤卿合作，而这戏的调门却与他俩不合，顺着梅，则王嫌低，顺着王，则梅嫌高。另外，这出戏从前要旦角踩跷[①]，而梅兰芳虽练过这功，却未在舞台上踩过。

从调门上说，余从谭来，梅谭适合，则梅余也适合，关于跷，可以不用。

---

① 踩跷：两脚趾套定在一只小绣鞋里，小绣鞋下面有三寸长而具有一定高度的跷，其实是用两脚趾立在这跷上走路，在观众眼中呈现三寸金莲的模样，并使身体袅娜。

所以，梅兰芳觉得有把握，觉得与余叔岩合演此戏在艺术上没问题，并且请看过谭鑫培与余紫云合演这出戏的朋友前来观看排演，提出意见，以利改进。这样，排练了一个多月，觉得完全有把握了，才上台，这也表现了梅兰芳极其真诚和认真负责地帮助决心重返舞台的余叔岩。

1918年10月19日，梅兰芳、余叔岩首次合作，在吉祥园登台，座无虚席，票友等内行人都赶来看看梅余合作将是如何。在后台，梅兰芳摸摸余叔岩的手，冰凉！知道他有些紧张，就安慰他说，三哥，沉住气，我们下的功夫不少，都烂熟了，别担心。梅兰芳温软的话语及时安慰着这位余三哥。余叔岩开始唱时还是有点紧张，嗓子发挥不好，后来梅兰芳上场，处处令他得到鼓励，遂越唱越好，嗓子也唱得亮出来了。二人演出成功，场内掌声雷动。以后，二人合演此戏，每次都要反复商量改进，配合得越发地好，余叔岩从此逐渐走向成熟和艺术的峰巅。

后来，余叔岩确实成功地实现了东山再起，梅兰芳的厚德帮助功莫大焉。

晓翁先生

晓翁先生一辈子做老师，退休之后，可以说，还部分地做着老师。每年，他都在图书馆里开几场文史哲讲座。晓翁先生最近专门研究绝句，他要把自有绝句以来至清代的所有绝句加以筛选，从中选出情感内容、艺术手法足称独特的作品，加以赏析。这项工作一旦完成，他也就又有了一本著作，他已定其名为《绝句趣谈》。像这样的著作，他已写成三本，皆尚未有出版门路。一本是《古文趣谈》，一本是《古史趣谈》，一本是《古哲趣谈》。等到《绝句趣谈》写成，四本书加起来大约有70万言。

晓翁先生不满的事情是双休日。他是每天下午要到图书馆去看书的，他写作的资料，都是通过借阅来获得。所以，双休日使他感到损失很大。他向图书馆提议过歇人不歇馆的方法，这项提议大约还是有可行性的吧。

晓翁先生跟图书馆最有缘。过去，他住在低矮破旧的房子里，老图书馆正好就在附近，设在明朝本地一位进士的园林式故居里，他走几百步就到了。现在，教育局在他退休时核定他属于离休，待遇提升，给他分配了一套楼上新居，而新图书馆又正好就在附近，他还是只要走几百步就到了。

岁月流逝，图书馆工作人员换了不少，越来越年轻，但一辈辈的都认得晓翁先生。对于图书馆的古籍和有关藏书，晓翁先生比他们还熟悉。新图书馆是一座现代化的漂亮大楼，坐落在花园一样的河滨风景区。河，就是本地的古城河，它一头通江水，一头通淮水，是本地吃水用水的水源。晓翁先生感到高兴的是，他的居所和他离不开的图书馆同时都改善了，使他潜心自己的工作时无形中添了不少劲头，感到活得越来越有意思。

晓翁先生对绝句研究出了许多新东西。比如，他认为"遥看瀑布挂前川"当为"遥看瀑布挂长川"，"江枫渔火对愁眠"当为"枫江渔火对愁眠"。听他说起来，的确头头是道，只不过人们在引用或考试时是否就照他说的把古诗改过来，那当然不一定，还是遵照古诗原来的样子保险些啊。

最近，他为李白的一首绝句费了大事。那是这样的四句诗："峨眉山月半轮秋，影入平羌江水流。夜发清溪向三峡，思君不见下渝州。"前人对这"思君"二字做过多种解释，但晓翁先生仔细揣摩，认为关键在"半轮"与"夜发"四个字上。他要弄清楚，这半轮月亮是上弦月呢，还是下弦月。由于受天气影响，他到第三个月才有了完整的观察。原来，上弦月在下半夜是看不见的，反之，下弦月在上半夜看不见。他的新解也就有了，"思君"不是思别的，思的是峨眉山月。上半夜还看到的半轮月亮，"夜发"时是看不见了，所以思之。

当晓翁先生喜不自禁地把这个了不起的发现讲给老伴听时，老伴说："水脏了。"此言令诗境中的晓翁先生大感不解。老伴拧开水龙头，放水示意，说："城河水脏了。"晓翁先生神情放松下来，说：去买些矾回来淀淀。说罢，他就坐到书桌前，埋首疾书一行题目"思君不见者谁"。

俞振林的画猴

平时偶有机会见到当代画家所作的猴，觉得不算中意者，不是形状不美、意境不佳，就是技法粗糙。海陵已故著名画家俞振林画的猴子，颇享世誉。据说常有人携款上门索猴，千元一只，可是他偏偏很少作猴，否则，他完全可以源源不断卖出他的猴子。他一心一意琢磨他的大写意花鸟画笔法，其意境不凡，气势很大，兴之所至用这种笔法作起山水画来，则大有横空出世之概。可惜，他以此只作了一幅大山水，题为"高山仰止"，笔简意大，境界高深，也就把力气用尽而与世长辞了。这幅气场逼人的山水画，可称"不愧古人"，已被高人索去收藏。

俞振林作的猴子，我所阅不多，其猴也就是常见的山猴，猴毛是怎么弄出来的，那是他的技法诀窍，效果自然，大有令人欲以手抚之的毛茸茸感觉。猴之足，墨色较深，交代分明，表现着猴爪那种湿湿的质感。此猴，是近距离的，不是古人的较远距离的。画面中的山石、枇杷之类，俱是寥寥数笔的大写意，而猴子却显得用笔较工。至于那猴脸的勾勒，似亦有其程序，不多几笔，即成面目生动、颇具眼神的活猴，猴目凝视之处，是令人馋涎的鲜果。往往有数只大蜂飞舞其间，蜂与猴谐音"封侯"，是封建社会里较高的名利梦想。清代画家沈铨所作《封侯图》，画了山中的几只猴与一群蜂，整体主要是一幅大山水，有消解庸俗之意。但封侯于古人有时仍具积极意义，爱国大诗人陆游就曾这样豪迈抒情："当年万里觅封侯，匹马戍梁州……"

我们且到网上用"封侯图"三字搜索一下，就会看到许多此类猴图，不但有题为"封侯图"的，还有题为"马上封侯"的（这时图中必须有马），有题为"高爵封侯"的，更有题为"世代封侯"的。作为画家和买家，似乎有失品位了。俞振林有一幅四尺猴图，并无"封侯"二字，用他有如垒石一般的书法题诗一首："自有齐天大圣，众人见我消忧。从无王公裙带，生来大号曰侯。"这首题画诗立意不俗,充满正气,句中虽有"侯"字,却是表达"王侯将相,宁有种乎"之蔑视世俗的思想。

人类早就注意到与人的形象十分相似的猴,表现出极大兴趣。据说在甲骨文中就已经有猴的形象,而《山海经》等古籍,都曾写到过猴(或称猱、夒、猿)。《太平御览》说,"君子为猿为鹤,小人为虫为沙",猴子是被视为有一定品位的意象。在古代,猴被赋予了佛教文化色彩,《西游记》中孙猴子做了和尚,跟着唐僧西天取经,直接参与到佛教事业中去。印度阿旃陀石窟第17窟有《大猿本生图》,新疆库车克孜尔石窟第114窟有《猴王本生图》,都与佛教有关。历来作猴图的画家似不算多,有一部历代花鸟画集,从唐至近代,收549幅画,猴画只有8幅。宋人所作《蛛网撄猿图》《猿猴摘果图》与《观音猿鹤图》里的猴子,是同一种类型,猴臂很长,有白猴与黑猴,画出了毛茸茸的感觉。从元代颜辉《猿图》中的猴,至近代高奇峰作的猴,所取都是一般常见的猴,在美感与神气上,也就不如那种奇特的长臂猴。古人云"长袖善舞",长臂猴画起来,使用其长臂,易给画面平添一些生动气韵吧。当然,也要姿态作得好。上述《蛛网撄猿图》与《猿猴摘果图》中的猿臂都伸得很长,而《观音猿鹤图》里是大猴抱着一只小猴,虽能看出大猴的臂很长,但二猴做抱团状坐在树上,是一种静态。这些画作中的猴,大体写实,尤其宋人院体风格工笔严谨,猴臂虽长,但我们不能认为是夸张。至清人任预、近人高奇峰,则有借猴图突出画家主体意识的倾向,但所作之猴仍是写实的。

俞振林所作的猴,也可称不愧古人。

书法故事

书法课每周只有一节,那时称写字课。每人都有写大字的本子,上面是印刷着红线的大格子,照着字帖把大字写进格子里去就是这堂课的学习任务。全班同学静静地临帖、写字,有时邻座或前后之间也会互相看看写得如何,有低声的交流,注意着不影响课堂秩序。记得那时用的是柳公权的字帖,那字骨性很强,很有劲道,不容易写得好,但如果临得比较像的话,用现在的话说,几乎能产生一种成就感。那时,逢到这天有习字课,每个同学就都从家里带来一块砚台,还有一块黑墨,黑墨上一般有"金不换"三个金色的字。砚台、黑墨、毛笔、大字练习本,引起心中温暖的感觉。写字时小心地把砚台的盛水槽里不多不少给上水,然后小心地拿黑墨蘸水,在砚台上磨啊磨,于是产生了墨汁,这时就拿起毛笔来,拔下笔套儿,在砚台上把毛笔捺好,就开始在大字本子上写字了。磨着墨,也就渐入写字的心情和境界,从前读书人身上的所谓书卷气,从这里得来的也有不少吧。

一堂习字课过去了,大家把写字的这些工具干净妥当地收起来,放学以后就带回家。这之后就等着下一节习字课的到来,其中期盼着的就是看看老师给自己上一节课写的那一页大字打了几个表示肯定的红圈,相互看看谁得的红圈多些,看看自己写的与别人写的哪个更好、哪个更像柳体那么回事。如此循环,写字课也就跟上音乐课或体育课一样,有其快乐。一堂习字课下来,有的同学就不小心把自己的手上以至脸上弄上了黑墨,还有的同学伸出舌头来,舔那毛笔,弄得嘴里乌黑,以为笑乐。一堂习字课,总免不了这样一些小插曲。

有个同学写的字很大气,又很自然,好像下笔就有,他的习字本子上老师给的红圈圈很多。他来自种菜的东园田,其父亲既是农民,又是木匠,他父母和他自己面相上都有乡村样子,可是他的写毛笔字却是这样令我佩服,仿佛有这方面的天分,所以我至今记得,那时我就对他赞不绝口。他后来似乎并没有进中学,而是跟着他的父亲做木匠去了。有时路上遇到身背木匠工具箱的他,彼此总是热情地招呼。我认定,他会是个好木匠。我今天还能记得的小学同学,他是其中之一,他叫殷桂林。

上习字课最怕的是小楷字,写那个需要更多的细心、耐力,才能写满必须完成的一页纸,而最后对自己的作业总是很不满意。

在一些书画展上,我记住了一个人的名字,他的小楷书法令我印象深刻,觉得那很不容易,向他求字的很多。有一天他说某风景点上镌刻有你作的《泰州赋》,却并没有注明撰稿人是谁。可能他是记错了,但我灵机一动,说,我把文发给你,给我写一幅吧。过了不久,这幅作品也就到了我的手上,他的小楷写着我私拟的《泰州赋》,署着书家徐锦石,满足了我的愿望。古人云"巧取豪夺",这大约可算是成功的一例。

附:试拟《泰州赋》

汉初置县,周秦故称海阳;淮左江右,建州始于南唐。东望浙沪,西指三湘。南驰五岭,北走蒙疆。与扬州而并肩,与通州而接壤。班固书海陵之仓,左思赋红粟流衍。王摩诘叹其泱漭,范仲淹濯缨沧浪。清流起吕岱,设教出胡瑗。《书断》《画断》,张怀瓘创说于开元;《绘事微言》,唐志契论画于晚明。北宋五相文昌,标先忧后乐之义;有明东海夫子,举百姓日用即道。施耐庵作《水浒传》,领说部之风骚;郑板桥诗书画,有三绝之高名。《陋轩诗》,传吴嘉纪之苦吟,冰霜正气;《艺概》集,述刘熙载之美学,古桐高峻。柳敬亭奔走天下,为曲艺之宗师;梅兰芳绝唱四海,表戏曲之体系。元末起义,张士诚揭竿于白驹;抗倭抗英,靖江民搏浪于扬子。岳武穆镇抚通泰,陈粟部挺进黄淮。白马庙组建海军,渡江战直指江阴。甚矣,八百里平原,多英雄之气;数百万儿女,秉深厚文明。将生生之不息,恒繁荣于人间。日月光华,生海上兮;明珠朗耀,于东方兮。

李进老前辈

  1985 年，我在省戏剧家协会当编辑（借用），工作地点就在省文联大院，我很想见到李进先生，不过，我不曾在省文联里见到他。在我离开省文联而转借到《雨花》杂志时，懒散的我终于下了决心，经过打听，在一天的晚上，到他的家里拜访了他。一个朴素沉静貌不惊人的白发老头，在灯光有点儿暗淡的不大的客厅里，坐在他的书架前，他的老伴在一旁陪伴着。这就是从泰州走出的乡贤、著名作家李进（夏阳）先生。

  一晃十多年，不曾有机会再见到李进先生。2001 年 10 月 15 日，一位同样崇敬李进先生的朋友顺便带我一起到南京去，这才又一次到李进先生家中拜访了他。看到李进先生白发苍苍，他是更显老些了，但精神却还是好的。他的桌上放着大字印刷的《阿富汗史》。显然，李进先生正在力求借助历史而深入了解当时的国际事件。我的心中受到一种很深的感动。老前辈的精神修养和人格力量，是这样深厚而又朴素。朋友带有相机，在李进先生同意下，我们合了影（李良摄）。李进先生同意我把这合影用在我的书上，并且同意为我的书题写书名（不久，他寄来了他书写的"沙黑戏剧集"几个字，一共写了三份，以便我从中挑选）。那天合影之后，他拄着拐杖站起，到后面房间里去，我们不知道他去做什么。他拄着拐杖走回时，手中拿着他的书画，给我们每人一幅字和一幅画，字是篆书，画是红梅，皆清新可喜，透着书卷气息。这真让我们高兴。

  那幅红梅图，寓苍劲于娇媚，朴实自在，堪称一幅极为难得的文人画。题字是"无师无法无成竹，未必无趣；有笔有闲有幼心，不需有名。夏阳李叟并题，二千零一年于南京"。（画论"成竹"之说，一般视为东坡首创而板桥发挥之，李进先生所作虽是梅，仍借来表意。）

  篆书有铁线之概，所书的一首词看来也是李进先生亲撰：

李进老前辈 071

  傲雪带香开，别具高风格。正是冰寒彻骨时，自在称舒适。

  爱洁岂标孤，广接寻梅客。不惜芳菲付与人，愿把花枝折。

  词意极好，读来跌宕有致。落款亦为"夏阳李叟并题，二千零一年于南京"。看来，先生于进入新世纪颇有特别的感慨，在家中既作篆书，又作红梅图，并且作有多幅以赠来客，我们荣幸书画俱得。

  那天辞别李进先生时，他送我们到大门口，门外就是小巷。从屋里走到大门口这点路，已经让他显得较为吃力。他一边倚在门边，一边还要拄着手杖。我和他很近，我看清他脸上的每一条皱纹，心中深深起着感动；他很高兴，与我们依依惜别，倚着门边说着鼓励的话语，我贪婪地倾听只有我们的父辈才有的那种最为醇厚的乡音。我有一种站在慈父面前的感觉。没有想到，这竟是最后一面。而他和我的合影，也许就是他最后的照相；他给我的题字，该视为他最后的书法了。我想，这就是我与家乡前辈作家的文学缘分吧？是这样交浅，而又这样深刻在心。我的不自量力的戏剧集出版后及时寄给了他，他该是看到了的，我似乎因此也得着了一丝慰藉。

单声的精神

单声从国外归来探视家乡海陵，捐了旧家房产，并将在国外收得的若干文物捐给家乡，于是地方政府决定将单家旧居原址建为"单毓华纪念馆"。以单声之父命名，乃尊重单声之意。

在英国、法国和西班牙侨界，单声其名，掷地有声。其祖籍江苏泰州，1929年出生在上海。其父单毓华，是上海知名律师。单声对华侨华人公益事业和中外友好交往非常热心，在繁忙的商务活动之余，还在英华经贸协会、华侨教育基金会、英国大地社、中英文化促进会、伦敦华侨华人互助工团、世界华侨华人联合总会和世界震旦校友会等社会团体任职，是中国侨联海外顾问、南京大学客座教授。

单毓华纪念馆是一个不小的院落，一座很端庄也不小的民国年间楼居，该是中西合璧的吧，坐北朝南；南面是珍藏馆，土地是银河宾馆割爱的。这样，它就具备了纪念馆的格局。游人从外面的喧嚣马路，进得大门，经由走道，踏进庭院，感觉也就步步不同，安静下来，渐有一种欣赏和景仰的心境。

珍藏馆布置得体，琳琅满目的瓷器、玉器、象牙雕刻等珍宝，静静地呈现在柔和的灯光之下，闪耀着华彩和历史深度，它们多为清代及以前的制品，其中若干源自宫廷，乃至国内博物院也无能收藏。一种深深的感动不可抑制地从心底冲击上来。这些中华文物，其中若干是八国联军之流从中国抢劫去的，单声先生在海外见到，心中痛苦和悲愤，于是不惜重金购买下来，陆续竟至于数百件之多，眼前陈列出来的仅是其中一小部分。有一件古旧却华彩依然的红木屏风，上面图案美好，嵌着羊脂玉雕刻的众多人物形象，是单声夫人单桂秋林所捐，她是为单声先生所感动的第一人，于是将自己这一价值连城的古屏风也放进了捐赠的行列。

讲解员介绍着每件珍品的文物价值和市场价值，有上亿元一件也不能出售的，它们达到了极其精美而绝无仅有的程度，堪称国宝。这批珍贵文物从海外运回国内，安置在纪念馆，完好无损，有关人员的工作是令人敬佩的，眼前这样一座纪念馆，亦凝聚着他们付出的智慧和艰辛劳动。

一队中学生到纪念馆参观来了。确实是应该来看看的。

口语中的古代戏曲文化痕迹

今仍流行于"泰州方言区（含兴化、东台等地）"的一些口语，有来自戏曲词汇者：

一、出。例句：

1. 你这为叫哪一出？
2. 刚才办公室里那一出你没有看到呢。

这两句话中有个词"出"，当来自古代戏曲文化。《中国戏曲曲艺词典》说："出（繁体作'齣'），传奇剧本结构上的一个段落，同杂剧的'折'相近。某些情节集中的'出'，有时也可单独上演，称折子戏。"可见，口语中的这个出字，用得准确，是把生活中发生的一件事比喻为一出戏，把当事人比为剧中演员，含有人生大舞台的观点。这个出字，不仅可指一部大戏中的一场戏，也可指一部大戏的全部，比如，"昨晚我在大剧院看了一出好戏"，就是指整部的戏。

二、科，科功。例句：

1. 你说的这话才发科呢。
2. 老张说话科功得很。

这两句话，在口语中使用时，一般都意会到"发科""会说科功话"是幽默、滑稽、荒谬、说笑话的意思。《中国戏曲曲艺词典》说："科，指元杂剧剧本中关于动作、表情或其他方面的舞台提示，如'笑科、打科、见科'。插科打诨，指各种使观众发笑的穿插，'科'多指动作，'诨'多指语言。"由这样的解释可知，口语中对"科、发科"的运用完全符合该词原意。说话发科，即说话惹人发笑，至于何以会惹人发笑，可能因为幽默，也可能因为荒谬无稽。会说科功话，就是有说话惹人发笑的本事，如果较委婉地说，"你这话才发科呢"，就有批评对方说的话不正确之意。戏曲舞台上的人物有时不免需要这么"发科"一下，以活跃剧场气氛。

元杂剧《墙头马上》"[做见旦惊科，云]呀，一个好姐姐！"，是写裴公子猛然见到李千金小姐。同样，"[正旦见末科，云]呀，一个好秀才也"。是写小姐李千金抬头看到裴公子。要求角色必须在舞台上做出突然看到对方并且一见心动的样子，需要一定的表演才能。可见，我们口语里的"科功"二字，用得也极准确。

"科"字，在宋元剧作中已经使用，钱南扬先生说，此字指戏剧中的动作，也写作"介"，有时科、介并用，如《小孙屠》一剧中"作听科介""扣门科介"，大抵北剧习用科，南戏习用介。

三、脚色（角色）。例句：

1. 你说他呀，好脚色。

2. 想不到他家里出了这么个脚色。

泰州方言区的"牛角"，音如"牛搁"。"好脚色"，音如"好搁色"。《中国戏曲曲艺词典》说："我国古典戏曲把剧中人物称为脚色，近代现代戏剧则多用角色一词。传统戏曲根据剧中人不同的性别、年龄、身份、性格等，划分人物类型（即角色类型），一般男子称生或末，老年妇女称老旦，粗豪男子称副净或架子花脸……"

口语中"他呀，好脚色"，可为褒义，可为贬义，是把生活中的人比作戏剧中的人。戏曲词汇出脚色，指人物（角色）上场。口语中"他家出了这么个脚色"，犹如舞台上某人物以其身份性格地位出场，正面的或反面的，高大的或渺小的，悲剧的或喜剧的。

四、关目。例句：

1. 不要做这个关目了。

2. 你这做的啥关目山儿。

《中国戏曲曲艺词典》说：关目指"剧本的结构、关键情节的安排和构思。元杂剧剧本往往冠以新编关目字样"。比如，《武家坡》这出戏就是生与旦两个演员在那里做这出戏的关目。至今，人们以仍使用着"传统剧目，新编剧目，剧目工作室"这些名称。口语"不要做这个关目"，有不要这样做、不要过于人为安排之意。

"关目山儿"一词中的"山儿"听来似只为一种尾音，口语中带上这尾音，则含贬义，有批评形式主义之意，认为应当简洁些、直截了当些，如"关目山儿倒多呢！做啥关目山儿吵！"

到底该怎样写这个"山儿"？其实，大约应写为"色儿"，而口语之音是"山儿"。

古代戏曲中的"色"，有角色之意，指剧中人物的特点，如"参军色"指"宋代宫廷乐舞的引舞人"；"把色"指"宋杂剧、金院本演出时的乐工。元明杂剧《蓝采和》中所载艺人有'王把色'"。《水浒传》第八十二回描写当时戏剧演出，有这样的句子："头一个装外的……第二个戏色的……第三个末色的……第四个净色的……第五个贴净的，忙中九伯，眼目张狂……劈门面搭两色蛤粉，裹一顶油油腻腻旧头巾，穿一领刺刺塌塌泼戏袄。"

这里提到的是剧中五个演员，角色都不一样，第五个是小丑。色是角色，有"样子"之意，正如佛教里"色空"二字对举，空指无，色指有，色是眼目可见的。所以，口语中之"关目山儿"，即"关目色儿"，将前面"关目"一词强化了一下，指出某种表演性。

口语中还经常生动灵活地用着"黄腔""帮腔""打闹台""草台戏"等戏曲词汇。

试说口语"五鬼"一词的由来

至今有一常用口语,说到某事弄得很乱,就说"舞鬼",颇费解。读《南唐书》,觉得其实是说"五鬼"。

陈觉,海陵人,"州建南唐"时的一个名人。其时宋齐丘得徐知诰信任为心腹,而陈觉投在宋齐丘门下。徐知诰的次子景迁,"美姿仪,风度和雅",深得其父看重,又是"吴主之婿",宋齐丘就"使陈觉为景迁教授,以贾其声价"。吴主,就是以扬州为中心的吴国国主杨溥,是杨氏吴国的第四代主。吴国大权握在徐知诰手中,后来徐知诰使杨溥称帝,进而又逼杨溥把帝位"禅让"给了他,改吴国为大齐,改元升元,"以扬州海陵为泰州,割泰兴、盐城、兴化、如皋四县属焉"。几个月之后的第二年,徐知诰"复姓李,改名昇,国号大唐",这就是南唐的由来。史称徐知诰为南唐"先主"或"烈祖"。

杨溥为国主的吴国,都城扬州,徐知诰镇守金陵以遥控,使长子景通(即后来的李璟,史称南唐"中主"或"元宗")在扬州做吴主的辅政,实为控制杨溥,又委托宋齐丘辅佐景通,可见宋齐丘的重要。这时的宋齐丘"益树朋党,潜自封植"。宋齐丘的私心在于,他没有忠心辅佐景通,而是暗自看好景迁,派了心腹之人陈觉去做景迁的老师。宋齐丘更不地道的是,"参决时政,多为不法,辄归过于元宗,而盛称景迁之美,几有夺嫡之计。所以然者,以吴主少而烈祖老,必不能待,他日得国,授于景迁,景迁易制,己为元老,威权无上矣,此其日夕之谋也"。这个心计真是很深。

徐知诰觉察到宋齐丘的心计,就召宋齐丘到金陵去,留在身边,给了一个节度使的虚衔。禅位之后,别人被任命为枢密使,宋齐丘仅为司徒。他感到了自己的失计和可耻,后来在他自己要求下,还是让他掌管到相当的权力,而他仍然以权谋私。徐知诰死后,李璟即位,宋齐丘本是徐知诰指派给李璟的辅佐,他以前的心计是隐蔽的,并未公然背叛李璟,所以仍得重用,心腹陈觉等人也依然与他一伙。由于宋齐丘做事仍不地道，李璟与他之间发生较大疏远，在陈觉等人圆解下，宋齐丘仍得秉国政，成为一个不倒翁，而与陈觉等人沆瀣一气。建州之役等败事使南唐元气大伤，而陈觉曾有监军五万以抗击北周的大权，结果被他弄得全军溃败，南唐终于失去抗衡北方的能力，向北周称臣，直至亡于北宋。

马令《南唐书》这样描写宋齐丘在南唐朝廷的势力："凡文武百司，皆布其党，每国家有善政，其党辄但言，宋公之为也。事有不合群望者，则曰，不用宋公之言也。每举一事，必知物议不可，则群党竞以巧词先为之地，及有论议者，皆以堕其计中。……虽然正人切齿，而流俗疏远之人犹瞻仰以为元老，故趋赴者益多。"

马令在《南唐书》中列出"党与传"，第一名是宋齐丘，第二名就是陈觉。陈觉与冯延巳、冯延鲁、魏岑、查文徽五人都投在宋齐丘门下，爱好辞章的李璟、李煜，只是一味喜爱冯延巳等人的文学才华，作为亲近的旧属而不能割舍，故他们得以把持朝廷，"侵损时政"。所以，"时人谓之五鬼"，他们最终把南唐弄垮了。

泰州"州建南唐"，经济与文化的发展得益于南唐的建立，南唐的兴亡留给泰州人深刻的历史印象。五鬼这样的历史词语就在日常生活中流传下来，由于岁月流逝已久，人们却不太了解它的来历，往往理解为舞鬼，取其舞弄之意。

又，《十国春秋》说，后蜀欧阳炯、韩琮、毛文锡、阎选、鹿虔扆五人"俱以小词供奉，人忌之者号曰'五鬼'"。可见，五鬼在五代十国时期是一个较流行的贬义词。后蜀五鬼与南唐五鬼真是东西遥相呼应。

再往前求寻，《左传·庄公二十八年》载，骊姬勾结两个外嬖成功地左右了晋献公，一个叫梁五，一个叫东关五。他们花言巧语迷惑晋献公，把太子申生以及公子重耳、夷吾打发得远远的，只留骊姬与其子奚齐在身边，时人看出这种阴谋，将这两个"五"称为"二五耦"。这大约是"五"字与坏人坏事发生关联的较早一例吧。

关于柳敬亭之祖籍

《史记·管晏列传》："管仲夷吾者，颍上人也。"这一说法，至今没看到有人来纠正司马迁，所以我们对管仲是哪里人的认知，也只能停留在这个地方，这就是这个问题的定论。又比如，《乐毅列传》说："乐毅者，其先祖曰乐羊。"又说，"魏文侯封乐羊以灵寿，乐羊死，葬于灵寿，其后子孙因家焉"。至于乐羊之前是哪里人，如果遍查古籍也无说，又无出土文物添加新说，那么乐毅的家世也就只能说到《史记》所记为止。

说到柳敬亭，我们的认识是"柳敬亭，泰州人也"。有没有"其先"的问题？我们的看法是，柳敬亭大约活到90岁，这么大岁数的人，为何从来没有说过"我的老家呀，其实不在泰州，而在哪里哪里"这句话？

可以肯定的是，柳敬亭性情十分活跃而通达，乐于请人写诗给他，而诗人们也乐于与他交往，交往深的有吴伟业、龚鼎孳、钱谦益、阎尔梅等当时的名人，有人还给他作了传。这些，就成了历史资料和研究柳敬亭的依据，他的籍贯的证据比管仲乐毅的要充分得多。在这些资料中，没看到柳敬亭以及别人曾说其老家不在泰州，而某地是其祖籍。

柳敬亭因吃官司离开泰州出走时，是16岁左右，他当时是一个有主见很刚强的少年。一般说来，如果他的父母俱不在了，至少，父辈的亲戚或邻人是有的，如若他的父辈是从外地迁徙到泰州来，而他只是在泰州出生或幼时迁至泰州的，他不会一点儿也没听人谈起过老家。既然如此，他后来活到90岁左右，并且是那样的大名人，却从来没有对人谈起过自己的老家不在泰州，这就有悖常情常理。并且，也从来没有人问起过"你老家在泰州吗"，更不曾有人跟他套近乎说"你老家其实是在某地某地那里的呀"，这些，在史料中都不见只言片语，可见，在柳敬亭当时，本来没有这些话。

已故老学者周志陶曾经统计说："43位与柳敬亭同时的作者，在63篇作品中，无一人提到柳敬亭是南通人，也无人称其为宋代曹彬之后和原名永昌字葵宇者。"

这些与柳敬亭同时，并且很多是与柳有密切交往的43人及其63篇作品，就是讨论柳敬亭祖籍以及他的一切问题的最可信依据。这些最可信依据，真是非同小可，撼泰山易，撼这"43人，63篇作品"的依据难。

但不等于说，学者们就再也不可以对这一问题提出不同意见。争抢名人的风气，其由来久矣，这样的事情过去有，今后也仍会层出不穷。

那么，目前的不同意见的祖籍南通之说，是否有道理呢？我认为，其理由不充分。我们不能和稀泥说："柳敬亭是泰州人，与认为他的祖籍是南通人，并不矛盾。"

一位朋友为弄清柳敬亭之来龙去脉，做了大量考证，所提供的最重要一条，就是范国禄诗《听居生平话》，而那仍不能作为祖籍南通说的充分依据，不足以动摇"43人，63篇作品"。

居生当时名气已经不小，他说自己是柳敬亭的门徒，以此为荣，可见柳敬亭虽已辞世，名气依然很大。这时，或许范国禄（小柳敬亭46岁），或别的某个文人，发现余西曹氏家谱，其中有百年前曹氏二弟兄于某时迁徙至泰的记载，时间推算，恰与柳敬亭之生年对得上，而柳敬亭本姓曹是已知的，则可以声称柳敬亭就是所迁徙的曹家之后，把其中"名永昌，字葵宇"者说成就是他。这样臆测而抢名人，有没有可能呢？应当说，是有的。然后，又在臆测获得的基础之上，吟诗作赋，一切就越来越像是真的了。我说的也只是一种可能性，但这就足以质疑于范国禄。

往往一个人成大名之后，人们就喜欢给他找上一个历史显赫的先人，强按到他头上，仿佛不这样就不足以说明这个人为何会成就了一番事业，也不足以陶醉和慰藉自己敬仰的内心。如果一个人成了帝王将相，那他的先人或他的发迹，一定更是有渊源了。不过，司马迁早就写下了"王侯将相，宁有种乎"这一精辟见解，可惜人们还是视而不见。

与柳敬亭同时代的人从来没有说过柳敬亭原名"永昌，字葵宇"。这方面的说法只有：

"名遇春，号敬亭，本姓曹。"（《柳生歌并序》，顾开雍，小柳敬亭约 10 岁）

"扬之泰州人，盖姓曹。"（《柳敬亭传》，吴伟业，明末江左三大家之一，小柳敬亭 22 岁）

"名遇春，号敬亭，年八十，扬州人。"（《柳麻子小说行》，明末江左三大家之一，阎尔梅，小柳敬亭 16 岁）

"扬之泰州人，本姓曹。"（《柳敬亭传》，黄宗羲，明末大学者，小柳敬亭 23 岁）

"柳逢春，字敬亭，本姓曹，泰之曹家庄人也。"（《柳逢春列传》，宫伟镠，泰州人，小柳敬亭 24 岁）。他这句话为泰州《道光志》采用，因为他是泰州本地的学者）

"柳敬亭，泰州人，本姓曹。"（《板桥杂记》，余怀，小柳敬亭 29 岁）

所以，那个"名永昌，字葵宇"，是多年以后的横空而出。

范国禄诗中与柳敬亭最有关的诗句是"我尝掩泪望余西，柳家巷口夕阳低"，这被当作柳敬亭原籍的一个依据。殊不知，柳敬亭当时，南通余西有柳家巷么？既然说是余西曹家，怎么又来了一个柳家巷？是因为出了柳敬亭才改叫柳家巷？还是范国禄灵感所至的神来之笔？这柳家巷多少有点儿从天而降，很难视为学术依据。所以，诗中另一句"五狼发迹"之语，都可视为凿空之言。

曹氏家谱，对于讨论此事，关键的一点在于：是不是有铁证能说明柳敬亭就是那曹氏弟兄的后代？是不是有铁证说柳敬亭就是"名永昌，字葵宇"那一位？

周志陶先生说得好，"避而不言曹永昌就是柳敬亭的依据"是不行的。

所以，柳敬亭祖籍南通说，仍然只是一种假说，这样的假说容许有一千种，但负责任地，我们现在还只能说"柳敬亭，泰州人也"。别的无法多说。

俞扬先生钩稽了柳敬亭祖籍南通说的由来，简引如下：

> 1927年《小说世界》载钱啸秋《柳敬亭之世系》文，是他根据通州曹氏家谱，首次提出柳敬亭是宋代曹彬之后，曹彬籍真定府灵寿，其九世孙移常熟，其十二世孙移通州余西场，而柳敬亭即其十三世，名永昌，字葵宇。
>
> 1956年，洪式良《柳敬亭评传》不同意钱啸秋这种"值得考虑"的说法。与柳敬亭是朋友关系的吴伟业作《柳敬亭传》，也不记柳是宋代曹彬之后，以及敬亭之父由通州移泰州之说。
>
> 1963年，《江海学刊》载管劲丞《柳敬亭通州人考》文，据曹氏族谱与范国禄诗《听居生平话》，认为柳敬亭之父移居泰州，因而柳敬亭出生于泰州，其本通州人也。
>
> 20世纪90年代末之《南通县志》说柳敬亭"本姓曹，流落泰州后，改姓柳"（多么草草），而《南通市志》说，柳敬亭"本名曹永昌，……幼时随父迁居泰州，因受陷害成缉捕对象，休息于柳树下指柳为姓"。（写得实在草草）。南通之旧志没有柳敬亭传。
>
> 2003年第8期《文史知识》载陈辽《平话奇才柳敬亭》文，其中依据管劲丞之说，写柳敬亭是通州人。

有关情况就这么多。可见，说柳敬亭是曹永昌之说，是从1927年开始的。时间出得早与晚，还不是论定真假的关键，关键只在于有无"曹永昌就是柳敬亭"的铁证。这样的"铁证"，现在仍没有。仅凭以上所列作为依据材料，是不足信的。

而20世纪90年代末才出的《南通县志》和《南通市志》，比起《泰州道光志》就言之凿凿，相距何远！而这《南通县志》和《南通市志》，又如何回

关于柳敬亭之祖籍

答周志陶先生的这句话呢："43位与柳敬亭同时的作者，在63篇作品中，无一人提到柳敬亭是南通人，也无人称其为宋代曹彬之后和原名永昌字葵宇者。"

因此，1981年9月上海辞书出版社《中国戏曲曲艺词典》的说法"柳敬亭，本姓曹，原名永昌，字葵宇，……通州（今江苏南通）人，一说泰州人"，以及2003年10月江苏人民出版社《江苏名人录》的说法"柳敬亭，祖籍南通余西场，生于泰州，原姓曹，名永昌，字葵宇"都不算妥当。真是"尽信书，不如无书"。

侯方域与柳敬亭

孔尚任《桃花扇》中的男主人公侯方域，字朝宗，河南商丘人，著有《壮悔堂集》。在《桃花扇》中，他与泰州柳敬亭很有些关系。比如，侯方域出场是在第五出《访翠》，所遇第一人就是柳敬亭，说："原来是柳敬亭，来的好也；俺去城东踏青，正苦无伴呢。"柳敬亭说："老汉无事，便好奉陪。"然后二人一同到秦淮水榭去游玩，侯方域就结识了李香君，柳敬亭可算是一个见证人。这反映了作为说书艺人的柳敬亭得到当时最以清高自许的复社士人的认同和欢迎，对他的评论是"竟不知此辈中也有豪杰"。

到戏剧将终的第三十九出《栖真》中，侯方域与柳敬亭劫后相遇，侯方域惊喜说："老兄你可是柳敬亭么？"相认之后，是柳敬亭撑船，同渡山溪，柳敬亭说："我老柳少时在泰州北湾（按：实为打渔湾），专以捕鱼为业，这渔船是弄惯了的，待我撑去。"于是侯方域遇到失散的李香君，二人一同出家，而后柳敬亭遂隐居山中以捕鱼为业。

在续四十出《余韵》中柳敬亭摇橹而上，说："年年垂钓鬓如银，爱此江山胜富春。歌舞丛中征战里，渔翁都是过来人。俺柳敬亭送侯朝宗修道之后，就在这龙潭江畔，捕鱼三载，把些兴亡旧事，付之风月闲谈。"于是与苏昆生同游，柳敬亭唱了一套弹词《秣陵秋》，苏昆生唱了一套北曲《哀江南》，二人悲声慷慨，全剧结束。

孔尚任曾经强调自己写这部戏是"实事实人，有凭有据"，我们大可以把这部戏当作真实来看，孔尚任以柳敬亭侯方域之间的联系来结构这部大戏，是在真实基础上天衣无缝的艺术加工。

从侯方域《壮悔堂集》看，他热心爱国，腹有经纶，诗文绝佳，富有政治才能和文学才华。他生当明末乱世，也曾为挽救明朝的颓破做过努力，但终究未能起到多少作用，明朝还是灭亡了，他做了大清的臣民，世以"侯公子"名之。

郑板桥在《潍县署中与舍弟第五书》中说,"愚谓本朝文章,当以方百川制艺为第一,侯朝宗古文次之","朝宗古文标新领异,指画目前,绝不受古人羁绊"。侯朝宗就是这位侯公子,可见他的文章到清代中叶还很有影响,其文句如"不以赫赫而渝志,不以戚戚而贬节",可见立意不错。不过,所谓决不贬节,后来他自己并未做到。

本来,侯方域倒是劝过吴伟业不要出来做清朝的官的,说了些原则性很强的理由,但后来他自己也出来应试了,作策论五道,为新的朝代贡献治世之道。后来虽然未被录取,但策论却传播天下,等于公布了他不能坚贞不渝,使他对这次出山应试十分追悔,自编文集题为《壮悔堂集》,一生也就一个"悔"字了。其殁于37岁,确实正当壮年。巧的是,郑板桥提到的最善于作应试文章的方百川,也是殁于37岁。

今观侯方域文章,风格大体承袭唐人韩愈,有正大不可侵犯之气,沉郁泼辣厚重老成。他的文章可作研究晚明情况的参考资料,因为他参加了当时的一些社会活动。他为李香君作了一篇《李姬传》,他作有《代司徒公与宁南侯书》,还有《与阮光禄书》,证明着他当时的政治品德与才能,也证明着李香君的确见识不凡。这些文章从另一侧面说明《桃花扇》的故事是以真人真事为基础的。

侯方域还写有《管夫人画竹记》《倪云林十万图记》等文,语涉画史和绘画理论,从中可见他在这方面是一个行家。他说,一直保存在明宫中的元代管夫人的一轴画竹,明亡后流落到民间,他是亲眼看到了的。他说"其绢细密坚致,非近世所能为",竹子是画在这样好的绢上的,"竹潇洒神韵,旁有石,历落而远",画得确实很好。他还说"今所传者翰墨满天下",可见在清代初年,世传赵松雪夫妇书画真迹还不少。至于《倪云林十万图记》,称倪云林绘画为"逸品""古淡天然""神合自然""气象萧疏,烟林清旷",他认为高于王蒙,是"米襄阳后一人也"。他说他看倪云林的《万壑争流图》,就好像"水声入耳波光满虚,使人惝恍莫知所适",认为倪云林不但意境独到,而且笔法丰富高超,"妙处实不可学",而倪云林的书法也是"天真幽淡为宗,渐老渐熟"的。

《壮悔堂文集》中有《四忆堂诗集》一卷。侯方域的诗有不少反映着明末的动荡不安,一方面是李自成的农民军起义,一方面是清军向明王朝的进攻,还有一方面是明王朝的腐败和混乱无力,以及有识之士的焦虑和奔走呼号,诗人是只有放声悲歌的了。他的诗文风格沉郁悲凉,与其心合。他指责过晚明文坛的不良风气,所谓"大雅不作,浮艳具陈,榛莽塞路"(赠徐子序)。看来他有要给文坛力挽狂澜的志向,从他对郑板桥的影响看,还是起到了一定作用的。侯方域避居泰州,作有《海陵署中二首》,有"戍鼓沉云黑,城楼倒水青"之句,苍凉之意,反映着明末扬州惨案后,作者的抑郁无奈心情。侯诗除去这部分关切时事的内容,较为超脱的清新之作亦有所存,大体也是模攀汉唐。孔尚任曾在泰州为治水官三年,其作《桃花扇》与泰州很有关系是不用说的,有人论其《桃花扇》二稿乃作于泰州(见《海陵文史》第十辑文章)。

江风·海气·山水

靖江可以东望海上，有海气袭人，有海风吹来。那长江口的海风，定是沿着宽阔江面劲奔而来的，但当西风烈的时候，那就应当是内陆的气息沿着江面吹到海上去了。一种强大的交流，平日不为人所注意，有时会是咆哮沸腾，天地为之动容。靖江作家陈新宇说，当飓风从海上过来，江上白浪滔天，惊涛裂岸，天空乌云翻滚，日色无光，混沌一团的天地让人觉得自己是多么渺小，同时感到与天地为一的快感。

靖江，处在"上海辐射"的前沿，这就是来到靖江便呼吸到一种新鲜气息的根本原因吧。

人说靖江历史不古，这是指立县置署的年代，若要说靖江这片土地和在这片土地上早就有辛勤劳作的先人，则谁也不敢言其不古，起码，靖江曾为春秋战国年代吴国驯养战马的基地，其名"马驮沙"，正如海陵大地自周楚以来即为国家粮仓一样，那都是很遥远的事情了。然而，靖江并不以古老积淀著名，而是以新潮气息迎人。

如果对泰州历史稍加注意，就会看到，古代历史文化名人以海陵、兴化而著，如吕岱、张怀瓘、郑板桥；近现代则以靖江、泰兴为多，如丁文江、丁西林、刘国钧，他们都闪耀在泰州历史文化星空中，永远为后人景仰。这一有趣现象的两端，一是发生在长期稳定的古代社会，一是发生在时代巨变的近代以来。其所不同也许可用"湖风"与"海风"来做比喻。泰州以北湖风习习，泰州沿江海风阵阵。目击当代，江湖无不波澜壮阔，兴化而来的运货车辆，日夜从靖江呼啸南往，直奔苏、锡、常、沪；而南方的车辆，时刻从对岸江阴那边飞驰而来，向北而去。一桥飞架，靖江益发成为长江三角洲南北交汇的枢纽，怎能不令人倍感新鲜的气息扑面而至？

靖江的开放格局，在文化上的表现，枝影扶疏摇曳。以其文学为靖江增光的青年作家庞余亮，就是当时的市委副书记迅速决策、打破常规，以"朝发白帝，暮到江陵"的气概引进的，在省内传为美谈。而建委主任陈新宇、文联主席黄靖，一旦离岗，转身就成了很不错的散文作家，文风刚劲，成果颇丰。老一辈的作家如朱根勋，中年的作家如潘浩泉、范锡林，都在笔耕不辍，奋勇攀登，时有引人注目的新作。青年的诗人和小说家风华正茂，层出不穷。在书画、群文等领域，靖江也出手不凡，成绩可观。你到靖江，可感那里有一团热烈氛围，潇洒豪迈，就像面对大江放歌一样。省内外作家和各种文化人士时常驻足靖江，留下墨宝和言谈，带走对靖江的赞美和眷念，总是说着"我还要来"。靖江富有大江般的文怀和诗情。

"从此年年定相见"，当年苏东坡曾在心里无数次这样对着靖江说过，林语堂的《苏东坡传》考述甚详。林语堂写的是苏学士的一段不了情，为成佳话，难免渲染，而我们乐于到靖江一游，实实在在是要领略那里的江风海气，听听靖江人的铿锵语音。

靖江有江风海气，还有一座天然孤山，遥对江南青山隐隐。这也就催发了对山的情思，于是靖江山水盆景全国闻名，凡至靖江一游者，无不流连于靖江盆景公园，在那里可以见到奇峰异岭、山环水绕。靖江人真豪，面对一条江，拥有一座山，还要尽收天下山水于我之一园，以供我观之赏之，更请远方来客一同乐在其中。

"吾将囊括大块，浩然与溟涬同科。"李白诗句所表达的情怀，可以之形容靖江人的情怀，而靖江人得地利之便，又乐与天下人共享，靖江的进步与繁荣日增月积、无有尽时。

靖江语音特殊，说是吴语，却铿锵有力；说是北语，却婉媚有加。靖江人在他们的岳飞庙里对我解释说，因为通泰镇抚使岳飞在泰州一带抗击金兵，被朝廷金牌召回，在渡江南去时将伤员留在了靖江，他们多半为北方人，北语也就在这里与吴语交融成了独特的靖江话。这个说法相当可信，而靖江人那种岳家军式的血气，也在近代抗击溯江而上的英国侵略者的战斗中显示出来，是那个时期民众抗英的一次胜仗，直令外国侵略军胆寒。在抗日战争中，靖江人也有很出色的表现，涌现了一批抗日英豪。这股血气，今日的靖江人用在他们的待人接物中，也用在社会主义建设中，让人有痛快之感。

可在暮春时节到靖江的江边去领略春江花月夜，可在重阳之日到孤山上去一望江天秋色，迎着江风海气敞开怀抱……

乡贤杨浣石《冰晖阁印掇》

海陵乡贤杨浣石先生12岁左右操刀学印，曾拜吉城（东台人，字凤池，清末民初著名学者）为师。《冰晖阁印掇》始刻于1918年，其时先生28岁，治印10多载，已得当世大师器重赞许，慨然题词，备极推崇。

凑刀金石，其艺深奥，鉴赏考究，非行家不办；据其传记介绍，先生博览古字，且"广搜龟板、钱币、汉印、封泥，朝夕揣摩，得其神理"。于是，"所治印，古朴渊茂，遒媚兼擅。刀法章法既师往古，更富新意。卜文、金文，一似刻成铸就，浑然无迹。小篆工整而不拘板，汉印温润而不近俗。边栏设计，残缺古厚，虚实相生，别开生面。总之，以古茂浑脱见长，绝无斧凿之迹"。当世名噪天下，悬润格于南京荣宝斋，求印者纷至沓来。

一册《冰晖阁印掇》，首先夺人眼目的是封面的石鼓文，下书"缶老书"。缶老，即吴昌硕，世称百年来书法、花鸟第一人。缶者，音"否"，盛酒的瓦器。吴昌硕有字"缶庐"。如果说，杨浣石曾拜吴昌硕为师，是与吴昌硕的缘分，则吴昌硕的老师吴熙载（清末书画家，年长吴昌硕45岁，仪征人，去世时，吴昌硕26岁），恰曾经在杨浣石之家乡泰州城隍庙里寄居，可为趣谈。其时世乱，穷斯滥矣，写几个字，刻几方印，画几笔画，不能充饥解寒。《冰晖阁印掇》中有两方印，与20世纪80年代去世的一位自称"梅癖"的泰州书画家有关，一方是"支道震印"，一方是"振声父印"（父者，甫也，古以称男子），这支道震，也就是支振声。支振声字画学吴，这大约也是他与杨浣石相同之处吧。

吴昌硕书写石鼓文亦著名，《辞海》特地说他擅长此道。可珍贵的是，《冰晖阁印掇》除封面以外，还有吴昌硕书写的石鼓文字两篇，一是扉页，再题"冰晖阁印掇"五字，与封面字乍看一样，细辨略有区别。落款行书"戊午孟陬吴昌硕"七字。这就记下了吴昌硕为杨浣石题词的时间，是1918年农历正月。这时吴昌硕 74 岁,年长杨浣石 47 岁,这个年龄差正像吴熙载之与吴昌硕。另一篇有 33 字:"杨之贤,来自蜀,工勒章,同翰帛。方圆小大绣以朴,子道卅五君其族。游六艺,一不鹿鹿。"落款行书"吉城集石鼓字 吴昌硕书"10 字。吉城集得好,吴昌硕书得好。吴昌硕题写在杨浣石印谱中的这些石鼓字,朴茂雄健,清新温润,也是令人爱不释手的。据说原作辗转已失,如今所见,只是复印件了。

康有为题词四个大字"采擷英华",是赞赏杨浣石治印字精文美。康有为的字挥洒有力,大气磅礴,观之神旺(不过也有人不欣赏)。此外还有王闿运篆书的"邓琰琰,何铁铁,刀能良,石可锲,只忧学不成,敢云壮不息。奉题浣石先生小像。壬秋王闿运"(邓、何二人指清末篆刻大师邓石如、何昆玉,又,清初有大篆刻家何铁流寓泰州)。王闿运在杨浣石小像上的题字是"浣石二十八岁之面目",为隶书,可称隶篆俱佳。照片上的杨浣石清秀英俊。王闿运,字壬秋,助曾国藩从事洋务运动,又是学者、文学家,辛亥之后任清史馆馆长。此外题词者还有郑孝胥、曾熙、李瑞清等 20 世纪初叶的社会名流。

杨浣石所治印,功力之精,已如《传》说,而印文内容之美,又溢于字外,令人赞绝。兹不揣鄙陋,择以联集,加以标点,以见其趣:

河阳家世,戎马书生,鹿门归客。家在华阳茅山西麓,与冰冷底吴野人同乡。三十二大丈夫相,有三代古文之好,读书能寡过。商龟集文,臣职金石书画。越东女子,秋水伊人,心不可得斋。高阳酒徒,悟即众生是佛。许宜:存存居士、如如道人、在家衲子、汶上人、听秋园主、颉顽园主、茅州一田父,膏如。白桃华馆,古榆树屋,草玄亭,醉经堂,阿七、朱二高兴。东上泰山南游齐鲁,日月光华旦复旦兮。无得,天泽;瀚石,醴泉。暮云春树,采得丝莼带雨香。纍下才,宣室逐臣,浊吾长寿;书画癖,长毋相忘,清白子孙。

唐顺之与泰州

徐文长（徐渭）的自传有一章《纪知》，记录赏识过他的人，其中有一条说："唐先生顺之称不容口，无问时古，无不啧啧，甚至有不可举以自鸣者。"是说他作的时文与古文很得唐顺之的夸赞。陶望龄所作《徐文长传》说，胡宗宪拿出一篇文章给唐顺之，说，这是我作的，你看作得如何。唐顺之阅后说，"此文殆吾辈"，此语出于唐顺之之口，评价已经很高，淡淡一言之下有隐而未言之意在。胡宗宪接着又拿出另一篇文章给唐顺之，说，这是另外一个人作的，你看如何。唐顺之阅后，说："哈，刚才那篇其实也不是你作的，跟这篇的作者是一个人，别卖关子了，他是谁？请来见见。"表达出由衷赞许。于是胡宗宪把一介白衣徐文长请到，一起饮酒，唐顺之对徐文长"深奖叹，与结欢而去"。

三十七岁而科举失败的徐文长，得浙江总督胡宗宪赏识，邀请他到幕中当书记，他不但幕中文书作得好，而且对于沿海抗倭屡出奇计，立有战功。

唐顺之与戚继光、胡宗宪皆为抗倭名将，而唐顺之又是明代著名散文家，有《荆川集》等著作26种140多卷，其科举功名也很可观，为明嘉靖八年（1529）会试第一，授翰林院编修。徐文长以白衣秀才而既得胡宗宪赏识，又得唐顺之称赞，自是人生一件得意事，后来他一生功名依然落拓，却终于以杰出的文学家和艺术家而载入史册，徐文长的故事成为美谈，被广泛流传。他在临终这一年编定的自传《自著畸谱》，把胡宗宪写在"纪恩"中，把唐顺之写在"师类"与"纪知"中，真是很有原因的。

唐顺之的散文，《历代文选》里有《答茅鹿门知县书》一篇，《中国历代散文选》里有《任光禄竹溪记》一篇，而二文选无徐文长的文章，可见唐顺之的文章地位确实很高。

就文章家论之，虽其绳墨布置奇正转折，自有专门师法，至于中一段精神命脉骨髓，则非洗涤心源，独立物表，具今古只眼者，不足以与此……此文章本色也……各自其本色而鸣之为言……是以精光注焉，而其言遂不泯于世。

　　昔人论竹……，以为绝无声色臭味可好，故其巧怪不如石，其妖艳绰约不如花。矛矛然，矛矛然，有似乎偃蹇孤特之士，不可以偕于俗……

以上两段，可作唐顺之文章之一瞥。

清代泰州夏荃《退庵笔记》说，唐顺之墓志铭载，其带病"舟巡泰州，犹操笔散赈粟七千担，诀诸将，勉以忠义……坐而卒"。又，其子唐鹤征撰《陈渡阡表》说，其父唐顺之"至泰州姜堰镇，自度不能起，勉诸将吏与之诀，薨于舟"。今泰州有关文史材料称，姜堰净业寺（北寺），曾是唐顺之寄住养病之所，且其病逝于此，后来在净业寺创有荆川学社，并立祠祭祀。

清初泰州大诗人

"冰冷"的大诗人吴嘉纪（清初泰州安丰场人，其地今属东台），字宾贤，号野人。其祖父吴凤仪，是王艮次子王东崖的弟子，这个辈分与李贽同学。而吴嘉纪，却是他祖父学生刘国柱的弟子。刘国柱学成后，主讲安丰社学10年。吴嘉纪与泰州学派有这样深的关系，他一生做人的高洁和作诗的风骨，根源当在这里。清人已经说，吴嘉纪是王艮的后兴者，"野人之诗即心斋之道"。

吴嘉纪《陋轩诗》1000多首，切入清灭明的惨史和民间痛苦的实际，表现着诗人的冰霜正气和崇高精神，而在艺术上寓浓烈于淡远，寄厚热于峻冷，熔杜甫陶潜于一炉，在当世就产生了相当的影响。

吴嘉纪生活在烧盐灶丁和农民之中，除了外出会友和诗朋来访，他的生活地位和状况，与最普通的穷民没有区别，只是他不烧盐不种地，有时卖文为生，有时课授生徒，有时收受朋友接济，一生就这样度过。

吴嘉纪迫于生活艰难，曾在朋友资助下做过不大的生意，他却羞于所得。他觉得对他来说，作诗要比做生意重要得多，他把以诗为史的责任担上自己的肩头。"如入冰雪窖中"的他，内心燃烧着书生赤子的热情。他希望做官的诗友能像范仲淹一样为民敬仰。"志同出处殊，我实自由弃"，面对当时的现实，他选择了隐居的生活，以一种洁身自好的孤独屹立荒野。

吴嘉纪要做一个平民诗人，至于他的诗朋之中有后来去做了官而继续跟他做朋友的，有本来就做了清朝官员而在某种场合结识于他的。这些，并没有改变他做人和作诗的准则，他的朋友和他本人的诗篇为此作证。清朝统一全国，社会渐趋安定，民族矛盾缓和，多数士人渐渐愿意做清朝的官，一介穷儒吴嘉纪无力阻挡，而他洁身自好，穷终诗书。

他诗名鹊起在50岁上下，此时身体有病，更无力靠别的手段养家糊口，所以收受朋友的接济，无论在他或在他的朋友，都成了惯例。他的穷困不是一个孤立的现象，所以不必遮掩，也无须惭愧。他就用诗把这样的穷困写了出来。"野渡人归尽，沙田雁自呼。船停枫叶落，月没客身孤。何处鸣刁斗，衰年在道途。倘能免忧辱，漂泊敢长吁！"平淡中寄寓着苦痛。

有年春天，他从远方归来，时当播谷，却满野荒草，农民逃亡，"白骨委尘埃，居室余败瓦"。可是，"路有催租马"，那么还能向谁催租呢？于是，竟然要向他收租，"我无半亩田，征税何由派？"诗人百般解释也不行，而口袋里正有从朋友那里得到的接济，他就买了酒食，招待这些人，可是，临了还是不行，"用尽腐儒力，未免公家逮"。诗人的命运与无数穷民融汇到了一起。诗友汪三韩来看他，闻知此事，把他救了出来，汪三韩也悲愤不已！

吴嘉纪66岁逝世，当其26岁时，明朝灭亡；当其45岁时，南明灭亡，清军扬州屠城。明末清初，混乱黑暗，民不聊生，吴嘉纪不可能写别的诗，他只能写《陋轩诗》里的诗。

《陋轩诗》的艺术特色可列出这样几条：

一、比杜甫既有所不足也有所深入的现实主义。杜诗被称为"诗史"，因为他的诗篇紧密关心着当时唐朝内乱之下的政治和社会状况。吴诗由于诗人生活于海滨一隅，因此诗篇内容不及杜诗广阔，但因为诗人自己就是无数穷民中的一员，他的诗篇表现这一隅人民包括他自己的穷困生活，也更为深入更为细致。

二、取法陶诗的清真而缺乏陶潜的飘逸。他像陶潜一样隐逸乡间，但陶潜虽然种地，他的"采菊东篱下，悠然见南山"仍是野老穷民莫测高深敬而远之的。吴嘉纪有时也想达到这样的境界，但终于无法有这等飘逸轻松，他的家世与本人的地位处境，以及他的人生抱负，都与陶潜有所不同，他是不能也不必跟陶潜一个样子的。

三、吴嘉纪从他立足的一隅，形成了只属于他的诗歌意象，只属于他的诗歌内容，以及只属于他的诗歌风格，这一切，都带有鲜明独特的地域自然特色和文化特色。

四、吴嘉纪诗以白描为主，描绘出一幅幅悲凉凄惨、惊心动魄的图画，这不是用典所能做到的。他偶尔也有用典之处，比如，杜诗是汉代的一位循吏，人民仰之如父母，同时，杜诗一词又指杜甫诗歌，他在《望君来》诗中写道，"不有杜诗，谁为说胸臆"，浑然贴切。

前人说吴诗特色的关键词语有"冰雪、甘露、幽香、热肠"，这是吴嘉纪作为平民诗人和作为地域文化表现者的总的特点，是诗魂真、善、美在他诗歌中的体现。

板桥之情，心斋之道

郑板桥与曹雪芹、袁枚、吴敬梓生卒年接近，而从思想气质上看，郑板桥也与他们大有相同、相似之处。可以说，郑板桥与曹雪芹、袁枚、吴敬梓等人一起，标志着对人的性灵予以全面关注和倾诉的一个时代，像一抹曙光，昭示了封建长夜的历史终结和现代朝阳不可避免的升起。郑板桥思想的狂怪和他兰、竹、石的人格精神，与曹雪芹笔下的贾宝玉可算相通。郑板桥诗文中的性灵，似并不比袁枚少，当代人所著《清诗史》说得对：郑板桥实为"诗主性灵"的一个先驱。而吴敬梓在《儒林外史》中发出的，也是一种思想性灵要求解放的呼声。所以，郑板桥作为诗人和画家，与这些作家和诗人一起，意味着中国18世纪的一股十分新鲜的思想解放思潮。

板桥精神自有其历史渊源，它通向哲学史上的泰州学派。板桥《词钞·自序》说，"陆种园先生讳震，邑中前辈，燮幼从之学词"，板桥亲自编定的《词钞》中收有陆震词二首，以纪念他的这位先生，而板桥词与陆词在风格上的继承关系十分明显。陆震是陆廷抡之子，而陆廷抡与清初泰州平民大诗人吴嘉纪为至交，给吴的《陋轩诗》作过一篇重要的序，称吴诗可比杜诗，这是对吴诗所有评价中最高的评价。陆种园受父辈影响，绝意仕进，一生清寒自守，唯以诗文写其真情，对板桥的影响当是极大。板桥后来写的一些现实主义诗篇，以及板桥诗中的现实主义神韵，皆明显受吴嘉纪诗的影响，有意思的是，他还拿自己与吴嘉纪作过比较，希望自己在这方面达到或超过吴嘉纪。显然，在他少年时代，他的老师陆种园让他好好读过作为其父陆廷抡的好友吴嘉纪的诗集。

这样，从有形的师承方面，可以从板桥的老师陆种园这条线，上溯到吴嘉纪，再上溯到泰州学派和王艮，这一切，对板桥而言，并不遥远，所以，板桥是切实生长在泰州学派这片土壤之上的，从板桥的诗词文章也可以直接见出泰州学派的影响。作为板桥精神内核的平民意识,正是泰州学派的主体意识。板桥把《月令》《七月流火》称为"阔大精微,却是家常日用",又说"板桥诗文,自出己意,理必归于圣贤,文必切于日用",可见板桥心中时刻有"日用"二字,这是平民意识在当时的一种表述,泰州学派的核心名言即"百姓日用是道"。泰州学派对板桥的影响根深蒂固。所以,我们可以说,板桥之情即心斋之道。所以,正因如此,从来自平民、接近平民、选择平民、走向平民这样的方向来说,郑板桥比起曹雪芹等人,自有其特点。

田野的慰藉

黄莺又称黄鹂，古名仓庚。有介绍说，其胆小，人闻其鸣却很难在树上发现它。写下"两个黄鹂鸣翠柳"诗句的杜甫，可能只是凭着听觉判断出那在翠柳中鸣啭的黄鹂有两只。

在杜甫之前很久的春日，田野上"千耦其耘"的农奴耳中，忽然听到了"有鸣仓庚"，是黄莺在树丛中婉转鸣叫啊，于是，辛苦劳作中的他们心头似获得了大自然的抚慰，苦脸上露出了一丝笑容。这种来自大自然的歌唱，是他们在年复一年、日复一日的劳作中最难忘的，那是天籁，是天赐。作为农奴，他们只是被田畯监管着而终年在田野上劳作的人力，谁也不能夺去的就是他们耳中听到的种种天籁之音。在他们《七月》篇的如泣如诉的长歌中，对这些天籁逐一地加以点赞，以至可以说是加以歌颂，得到滋润的心灵表达着所得到的抚慰与感激。听吧，他们唱道：

  春日暖阳啊，黄莺儿歌唱，
  七月里子规叫了，
  四月里菜花满野，五月里蝉鸣声声，
  蚱蜢扎扎地擦翅，六月里纺织娘儿唱起，
  蟋蟀啊，它七月在野，八月在宇，九月在户，十月到了我的床下……

记载在《诗经》中的这些歌唱，不是如今译出的这些白话词语，原句所带的凄凉节奏和声音，以及挂着泪珠的面容，唯有从旷野自然中得到的一丝慰藉，都生动地体现在那古朴诗句的词语与节奏之中，原句如下：

  春日载阳，有鸣仓庚……七月鸣鵙……四月秀葽，五月鸣蜩……五月斯螽动股，六月莎鸡振羽，七月在野，八月在宇，九月在户，十月蟋蟀入我床下……

这些诗句，表达了终年在田野劳作的农奴们从大自然不同季节的种种鸟儿虫儿的天籁之音里获得着心灵的慰藉，这与君子们经常享受到的音乐歌舞是不可同日而语的了。

《诗经》里多处描写了君子们的音乐享受，而今出土的几千年前的编钟、编磬之类证实《诗经》里这些比比皆是的文字，其所描写的场面和音乐是田野上的农奴们看不到和听不到的：

窈窕淑女，钟鼓乐之
……
我有嘉宾，鼓瑟吹笙
……
奏鼓简简……嘒嘒管声
……
钟鼓喤喤，磬管将将
……
钟鼓既设，一朝飨之
……
籥舞笙鼓，乐既和奏

郑板桥为《诗经》里《七月》这样的诗篇所动容，仿佛看到几千年前田野的农奴听到一声鸟叫以至虫鸣时愁苦的脸上竟露出了喜悦的笑容。他在《将之范县拜辞紫琼崖主人》诗中写道，"莫以梁园留赋客，须教《七月》课豳民"。其意是说：你（康熙的第二十一子）对待我，比汉代梁王更好，不仅生活上优待我，而且放我到县里去为官，以便关心有如《诗经·七月》篇里

田野的慰藉　101

的劳苦人民。这所表达的是那一时代里所能有的多么诚挚高尚的思想情怀啊!

郑板桥说,"《七月》《东山》千古在,恁描摹琐细民情妙,画不出,《豳风》稿"(词二首,述诗)。《东山》写士兵远戍归来的悲歌,《七月》述农夫一年的辛苦,他认为"道着民间痛痒"的诗歌才是诗的正宗。

《雨花香》与郑板桥

《雨花香》被称为"拟话本小说衰落时期的压卷之作"。全书在很大程度上是对生活中发生的一些事情的直接记载，即使是捕风捉影的事情，在作者自己，也是相信的，就郑重记载了下来。这些文章共有40篇，集为《雨花香》一书，其文体并无多少统一性，有的议论多些，有的描写多些，或东鳞西爪，或有头有尾，自然、随便、真实，而小说艺术所要求的东西，在这里反而是多余的。作者在《自序》中写道，"乃将吾扬近时之实事，漫以通俗俚言，纪录若干……"当时的江都县儒学教谕官为《雨花香》作的《序》也说：此书是"将扬州近事，取其切实而明验者，汇集"而成。

郑板桥留下来的判词，是他做县官断案子时写下来的，因其寥寥数言，我们读了不免难以理解，比如：

尔妻被马旺拐卖，如果属实，因何延至数载始行控究？其中明有别情，混渎不准。

据称腊月二十六日夜间，张玉滋将尔母抢去盗卖，娶主是何姓名？何处人氏？财礼若干？尔母是否情愿？现在何处？何不早控？

我们读了《雨花香》里的《自害自》就会明白这种盗卖或抢拐的某种具体情况。

板桥判词中也有一些反映着田地树木等类纠纷的事情，只言片语，我们也难以深入了解，而读了《雨香花》里的《洲老虎》就会明白这种土地之类的纠纷会闹到什么样的程度。《洲老虎》所记载的，大约是如今扬中县这块地方，是如何在顺治年间从江中生长出来。它一从江中长出，就发生了人们对这块地盘的拼死争夺。

又，在关于郑板桥的传说中，有他如何巧妙让一个要将贫婿退婚的富人转变过来的故事，而在《雨花香》的《锦堂春》中，就记载着扬州确曾有过这样的一个聪明知府，故事大体相同，但更真实更具体些，现实成分很浓，并不只是像一则美丽而浮泛的传说。

我们在板桥的《后孤儿行》诗篇中读到"买告诬捏"的事情，也就是买通犯人，令其扳指本不相干的人为同犯，陷其入狱。在《雨花香》的《还玉佩》中也写有类似情况，某大盗就指扳某人是同伙，其实是一种诬告，但这回是"义扳"，也就是出于正义，被指扳的人是坏人，这个强盗后来被称为"义盗"而得到了救助。由此我们对"扳指"有了较具体的认识。

如果把郑板桥理解为清风中摇曳的削尽冗繁的清瘦竹，那么，《雨花香》以及郑板桥判词里反映出的情况，正说明着那清瘦竹所在的泥土，竹之清瘦是很不容易的……

陆西星论"说与做"

陆西星，明代兴化县人，其学贯通儒、释、道，被后世尊为道家内丹学东派开祖。陆西星认为《老子》第十七章是"圣人密指观微之学"，也就不能不引起我们要来弄个明白。

第十七章全文是："太上，下知有之；其次，亲而誉之；其次，畏之；其次，侮之。信不足焉，有不信焉。犹兮其贵言。功成事遂，百姓皆谓我自然。"

依陆西星的理解，大意是这样：

1. 最有道行的人，是"知有之"而已，虽知"有为之道"，但是让自己停留在于知，决不去参与这方面的行。

2. 比这次一等的人，"亲而誉之"，对于道，推行之实践之奋斗之，也就是知行合一。

3. 又次一等的人，是"畏之"的态度，敬而远之，全身远害，这种人也许听都怕听什么"有为之道"，更不用说将自己投身到那种实践中去了。

4. 更次一等的人，是"侮之"，对于啥"有为之道"，都很看不起，乃至动辄发出他的蔑视和笑骂。

老子在抽象归纳出这么几种不同态度之后，悟出了一个道理，这就是"信不足焉，有不信焉"。要人信仰某种道理、支持某种措施，是不容易的。所以，"犹兮其贵言"。与其说，不如行。你做出一定成效了，自然就会有信你的人；你成效越大，信你的人就越多。"功成事遂，百姓皆谓我自然"，做成功了，大家都会承认你。在那成功过程中你并不是凭着"言"，而是凭着你按照这"知"，结合实际情况，去一步步地实现的。

陆西星认为，这种成功的人，就是那抱"亲而誉之"态度的人，这种人"欲行……道"而"历试其事"，也就是"知行合一"，不但"知"了那"道"，并且还亲身去实践，这比起那知而不行的"太上"之人虽降一等，但也相当可贵，他离开那绝对的"无为"，是"未免有作"的，以有所作为来做"知行"这个问题上的一个原则。

陆西星这一释，符合老子原意吗？我们看到老子确有此意："生之畜之，生而不有，为而不恃，长而不宰，是谓玄德"，还有这类话"上仁为之而无以为"。可见，老子并不绝对排斥有为，面对不得不有为时，就要有为，而同时却是抱一种玄德的态度。正因为有玄德的态度，所以他有作有为，百姓却往往并没有感到，当功成事遂的一天到来时，百姓们才明白他已经为天下做成了伟大的事业，但那过程好像也不曾让人介意，一切好像是自然到来，一切也好像是平平凡凡的，"百姓皆谓我自然"。这自然的实践主体虽然是百姓自己，百姓却没感到有啥异常。"功成事遂，百姓皆谓我自然"，也可算是最艺术的。

对于有为之道持侮之的态度是何意？陆西星说，"侮者，戏也"。对于道，抱了一种不尊重的以至于侮蔑的态度。"侮之不已必有妄作之凶"，这句话里也有一个作，只不过是妄作，不是履行有为之道的积极正面的作。

陆西星虽一般被理解为浑身道气的人，以上所引他的话却说明他是一个清醒的现实主义者，他对老子的理解基于历史的社会的现实，他并不抱超然的方外之人的态度。他说，既然"世有有为之道"，那就要"既闻者当信而行之可也"，但"百姓日用而不知"，他们有时不但信之不足，乃至"反有拒之而不信者"。这正是老子所说的"信不足焉，有不信焉"的情况。所以，知了道的人，就不得不"犹兮其贵言"了，就是要说得少些，做得多些，贵于行而不贵于言。

由陆西星，可以联想到同是明代人的王艮格物之说：我身是个矩，去量度天下国家之方，方若不正，先要返查矩正不正，要从对自身的要求上做起，那么自身正了之后呢？这就用得着王阳明说的："身之主宰便是心，心之所发便是意，意之本体便是知，意之所在便是物。如意在于事亲，即事亲便是一物，意在于事君，即事君便是一物，意在于仁民爱物，即仁民爱物便是一物……诚意之功只是个格物。"这样，格物就由主观认识而行于客观世界，于是知行合一，能动改造我之外的客观世界，而不是停留在内心的或言谈的世界。

略记高凤翰《砚史》与泰州

高凤翰在泰州的一些情况，在他自己制作的图文并茂的《砚史》中，多处可见，全引颇多，略举如下：

在一个长方形砚的正面，高凤翰刻有"仲陶"二字，并刻署"南村居士"。他在《砚史》上以行书写道："维扬通泰两州，澄泥旧砖，于砚品中称美材。雍正甲寅［即清雍正十二年（1734）］，余来泰视鹾事，雅意购之，无所得。近从其邑诗人陶君南亩，乃谨得之。又与向者烛门兄所赠'老学庵砚'品地恒相颉颃。但愧著书等身不及放翁不负佳砚耳。"放翁，就是南宋大诗人陆游，其祖父曾在泰州做官。

所谓烛门兄赠"老学庵砚"，高凤翰在"仲陶砚"背面刻写交代："余向收得陆放翁'陶澄君'砚，上有'老学庵'字，今获此砚于泰州，亦出陶成，而赠砚主人又彭泽裔也（彭泽，江西地）。视砚，居然前后辈矣，因锡以是名而刻识之。南村并记。"在砚背的边上还刻有一行有趣铭文："师龟堂，置墨庄，悔亡羊，吁嗟呼，尔藏。高凤翰铭。"

那么，以前获赠的陆放翁砚，是什么情况呢？《砚史》上亦有记载，那也是一个长方形砚，背面原刻有"陶澄君"三字，并刻有"老学庵曾收用"，下有一葫芦印，内篆"文府"二字。高凤翰在《砚史》上记道："砚有'老学庵'刻字，又有'文府'葫芦印，当是放翁所遗。"这是"陈烛门同学"赠给他的，是雍正十一年（癸丑）的事。泰州的陶诗人籍贯江西彭泽，而高凤翰一年前得到"陶澄砚"，机遇是"自皖上赴金陵"时被风雨所阻，歇宿池郡陈烛门家，当在安徽池州。江西、安徽界邻，所以他的意思是说，这两位姓陶的，大约本是一家人吧。两方砚台，经他说来说去，好像都有了某种精神的来历和内涵。在砚上作铭刻字，为砚作史，难免要这样再三寻思，找出点儿意思来的。

乙卯年，他铭了一方砚赠给泰州陶君，这就是曾经赠砚给他的泰州诗人。他在《砚史》上写道："此为陶南亩隐君制，今归陶氏藏之。石道者记。"砚铭是："偶亲铅椠（这是指他做坝长），聊休运甓之劳（这是指他乙卯年初暂离坝长之任），雅识传闻，少助辍耕之录。乙卯制砚，奉赠南亩居士陶隐君写诗用。西园翰铭并题"。读此铭文，情义可感。

高凤翰曾在泰州得到过最上品的好砚，那是长方圆角砚，他说此砚"虫蛀古混可爱，墨堂一片如紫玉凝脂，拂不留手"，还说砚中墨汁"数日不爆"，可以"在诸砚中当墨乡领袖"，而"雄视西亭"。西亭，就是他自己。他在砚的正面篆刻"真砚"二字，背面以隶体刻写四句铭文："真砚不坏，此砚实有；我愧东坡，而无真手。"又以行书刻记："甲寅高凤翰铭于海陵嵯署。"他这样重视此砚，以至识者认为，"此砚当为西亭藏砚之冠"。

高凤翰在泰州做坝长，平时办公用的是一方官府发给的普通砚台（称为暖砚，有砚函，即砚盖），有如我们现在给办公人员提供的是一台电脑。高凤翰给这方砚台也作了四句铭，刻在砚盖上："书狱思生，书财思盈，书事思平，视此勒铭。"借题发挥得好，从砚台说到做官该如何尽职。在另外一方砚上也曾刻有类似的话："筹国思盈，书狱思生。"高凤翰把自己的办公用砚收进他编的《砚史》，以楷书记道："此即锡制官砚也。雍正甲寅，来视坝事，日夕常在行衙、河干、芦舍，不蔽风雨。故砚必用函，烈日寒吹，所借以护，呵冻而给办公者也。"阅之感人，可想见高公当年在泰州如何认真尽职。

另有一方官府发给的砚台，也是正方形的，他在砚函上刻的铭文是："我笔老枯，资尔燠嘘；尔嘘温温，我笔生春。甲寅腊月，嘉平节铭。南村居士。"这铭文说的也是"呵冻而给办公"的意思。先生做这个坝长，有时冒严寒到"河干、芦舍"去与盐民、盐贩、盐船打交道，随身带上笔墨纸砚，以供书写，委实辛苦。

怎样写起"泰州二李"[①]

　　1988年,我想写"泰州二李"。我慕名拜访了俞扬先生,他正担任着方志办的主笔。他打开柜子,取出资料。其中主要是在泰州谋生的几位该部下级人员所写材料,其中谈"二李"易帜分道的事,我感到非同小可。更详细的内情,如果有该部中上级人员所反映的材料就更好了,但至今没见到。

　　"易帜分道"唱双簧这样的事,在如今电视剧上看到,不感惊奇,若见之于古代某段历史,也能理解,但它就具体发生在本地抗战史上,则不免令我惊奇。从写作上说,既感到一种历史的趣味,又感到落笔得有点儿考虑。当事人李明扬颇有政治地位,刚逝世一年,且其后代仍在,也有一定政治地位。如果写李长江率部易帜其实是"二李"共同决策,似有点非同小可。

　　俞扬先生对我想写"二李"大加鼓励。方志办主任戚槐先生,对我也同样热情。总之,在那个办公小楼上我得到的是鼓励支持,而不是冷淡和不予方便。

　　这样,《李明扬与李长江》一书中,有点"骇人听闻"的一章就是"易帜分道"了,写生存发生困难的"二李"部队怎样兵分两路,一部由李明扬率领到里下河游击抗日保气节,大部由李长江率领投汪得到给养保实力。

　　如何更具体深入了解日军在泰州以及周边的情况,郭村之战与黄桥之战的情况,"二李"及其部下在一定历史环境中的政治与生存情况,新四军是怎样从江南向泰州一线挺进,走好苏中地区这盘错综复杂大棋的,总感到历史应当全面具体呈现心中才能下笔。尽管以前见过电影《东进序曲》,有过扬州评话一类的《挺进苏北》,但我总想把这段历史展示得更深入其里,更原汁原

[①] 泰州二李,用来指称抗日战争期间驻扎在泰州的李明扬、李长江二人所率的鲁苏皖游击总部,号称有三万人马。

味。于是，到泰州政协文史办去找材料。那里的刘老、桂老对我也是热情接待。那里关于"二李"的直接材料没有，但书架上有苏中、苏南地区各县市编写的文史资料小册子。翻阅之下，我感到有的材料虽不是直接谈到"二李"的，所涉却是当时的社会情况，正可视为"二李"背景资料以理解"二李"作为一支军队在当时的生存状况，从而可以具化和深化对那段历史的理解和文学的想象。我就借了一大堆回家，一本一本地看。

文稿写成后，由中国华侨出版社有限公司出版并在全国征订到4000册，我有点担心李明扬的后人会有意见。后来接到李明扬儿子李广生阅读此书后写来的信，是表示肯定和感谢的。他在信中说，1949年毛主席接见了李明扬先生。在我后来应江苏省委统战部布置，为《挚友》一书而写的《李明扬传》中，就将这一节写进。

写《李明扬与李长江》，我只是利用资料，限于条件，别无采访。写《李明扬传》时，我正好有出差机会，就拐了一点儿路到他的家乡（萧县）去了一趟。那里的有关方面和父老乡亲手中已有我写的这本《李明扬与李长江》，他们对我热情欢迎，安排我在李明扬故居里住宿。那故居原样未动，也就是一户中等农家的样子，他们正筹划要就地建李明扬纪念馆。另外，我也得到来自四川、无锡、安徽等地读者的反映，他们都为看到这本书感到兴奋。后来泰州博物馆说台湾来客找这本书，我也就让他们转交了几十本。

俞扬先生对此书是满意的。作为一个资深的文化历史学者、方志的主笔，他的肯定，意味着我基本达到了预期的写作要求。我把这本书定义为纪实小说，自我感觉它是如实叙述，无烦虚构，历史本身就是那样跌宕起伏、百舸争流。当时我说，如果展开文学想象，可以扩成四本书。因为心气粗浮，这事情也就没有继续做下去。

曾有不止一位影视导演来电话表示改编此书，我表示欢迎，不过后来皆无下文，想来因为那事比凭一支笔就能完成要复杂得多。我看到的电视剧《新四军》，其中似缺"二李"这一块，而从前的《东进序曲》电影，大意只是写了郭村之战期间的一小段。所以我感到《李明扬与李长江》一书还是有其存在价值的。书中所写某些历史人物的后代,都比较关注这本书,他们到泰州来访时,此书我都赠送不少。

《四月南风》，悠悠我心

问：你创作的长篇小说《四月南风》书名有何寓意？内容如何？

答：1968年底，我高中毕业插队高邮农村，曾夸口说，要写一部长篇小说，书名为《里下河的春天》。下乡插队是统一的，想写长篇小说的梦想，是个人的打算。爱好文学的人，会注意到中外有些文学名著是农村题材，这样的小说饱含某种文学美。我理想中的这部小说一直没写，浅浅的土长不出较大的植物。20世纪80年代初，我在《奔流》《雨花》《钟山》发表过短篇小说《明天》《主人》《前途》《王山轶事》，都是农村题材，算是未忘旧日文学梦。

《四月南风》就是想文学地写出里下河农村，写出那平原水乡的美。我选取了1983年的里下河农村，它刚刚分田承包，承前启后，从人到自然，都还是我较可以想象的，而贯注其中的，则仍是我一直的文学理想。主要内容是写农忙四月天的里下河农村，那时油菜籽、大麦、小麦等夏熟作物陆续收获上场，耕田、栽秧、理水之类的忙个不停，起早带夜，夏收、夏种、夏栽、夏管。农民的生活辛苦而热烈。小说中的时间，只有不多的几天，人事与农忙搅和一起。总之，想表现的是江苏中部水乡平原20世纪80年代初某村庄四月南风里的存在。

问：书中主要人物有哪些？

答：有女孩儿小英子、桂花、金粉、桃红、秀香，有男孩儿小刘，还有一对青年夫妇长山与兰香子，他们在这短短几天里的纠葛错综在一起，都带着苏中平原水乡气息而发生着，蛙声鸟鸣、麦浪帆影、芦荡稻田，白日的劳作、夜晚的幽会、欢喜与痛苦，力求原汁原味、自然而然……归根到底从生活印象里来，其中《里下河歌》是1972年我在一个特别的环境里借以抒怀的涂鸦，现在把它转让给书里的一个知青。

问：这本书的主题和艺术追求如何？

答：《四月南风》努力遵照生活本来的样子，想写得读来如同置身真实可感的生活一样，要求在对农事的叙述上符合农事，在对农村人物的刻画上符合农村人物，在对农村自然的描写上符合农忙四月天的情况。不算长的篇幅，写了几个女孩儿，她们的不同故事，交错在一起，此起彼伏，有似一篇写乡村自然的散文，其中这里那里有着人物和故事，可见此书很平常。

问：人们对这部书有何评论？

答：所见评论皆是正面溢美鼓励，这部小说读来有艺术享受，语言、叙述、细节，读来都觉得自然流畅，人物心理把握微妙细腻。全书充满乡土气息，让人仿佛置身四月湿热的空气中，差不多就是20世纪80年代初农村的再现，写里下河平原农村风貌是笔到意到。对农事娓娓道来，真实自然。其中之爱情婚姻有扭曲压抑，也有抗争和崇高。对新老农民刻画基本到位。作品朴实自然，开阔清晰。2018年第3期《中国作家研究》载南京大学张光芒先生短评说：本书以改革开放初期里下河地区的农村改革为背景，以小英子与父亲分别代表的新一代农民和老一代农民的冲突为主线展开故事。两代人之间除了有妥协，又有抗争，既有无奈，又有新的生机和选择，思想灵魂的激荡和不可遏止的现代性力量，像四月天的南风一样扑面而来，给人耳目一新之感。以上这些评论对于我都具有启发和指导意义。

关于《旧庄遗事》的问答

问：你以前写过一部《李明扬与李长江》，不但是抗战题材的，而且就是取材于本地的历史，那么，现在又以本地题材作这部《旧庄遗事》，是否重复？

答：一篇或一部文学作品，且不说它的艺术水平高低，它首先需要作者产生创作兴趣和冲动，而后才有付之写作的努力，于是有了作品的产生。没有这样一个过程，就没有文学作品或多少带着文学意味的文字产生。真正的文学作品，不管它的艺术路子和风格如何，首先应当是文学，文学就应当努力写出生活的真实性，这种真实在各种生活细节上是真实的，首先应当在历史上是真实的，具有历史的真实性，细节的真实并不等于历史的真实。不管人们在这个问题上有无这种理论性的认识，这实际上就是人们给文学作品作判断的最基本也最重要的标准。在文学作品中，即使历史的反面人物，也应当具有历史的真实性。我写于1988年的长篇纪实小说《李明扬与李长江》还谈不上涉及这些复杂的问题，但人们对《李明扬与李长江》的历史真实性是肯定的，我相信人们对《旧庄遗事》的历史真实性也将是肯定的。《李明扬与李长江》写的是当时苏中地区的抗战大情况，《旧庄遗事》写的正好是在这种大情况下本地区一个村庄的情况，二者结合在一起，可供对1940年左右此一地区那段历史作较具体的认识。

问：一般抗战作品写的是"悲壮"，《旧庄遗事》写了一场悲惨的血火浩劫，怎样理解？

答：这与我的写作意图有关，我力求真实反映那一时段那一地方的抗战情况，那里还不存在完整的和胜利的抗战故事。当时人们对抗战的认识是很不够的，组织起来的联庄会后来也没有能保护好村庄和人民。再后来，这支联庄会武装竟然被拉去当了伪军，这并不是作者瞎诌，而是村史所载的事实，这事实让人深思，不可回避。有读者说，此书故事娓娓道来，如蚌蜒河的水，看似无大的波澜，实则令人惊心动魄。

问：《旧庄遗事》在有关地契等具体问题上，是否有过一定考证？

答：主要是购得了有关县市的《土地志》，以大体上了解当时的土地制度、地租与税捐情况。历史是在一定经济基础上发生着、演进着的，可惜我所见几部《土地志》这些方面反而说得并不多，这是一个遗憾。看《太阳照在桑干河上》《暴风骤雨》《风云初记》《创业史》等扎实的长篇小说，就会很羡慕作者对生活从经济基础到社会人情方方面面的了如指掌，会让人联想到这样一句名言：巴尔扎克的作品汇集了法国社会的全部历史，我从这里甚至在经济细节方面所学到的东西，也要比从当时所有职业的历史学家、经济学家和统计学家那里学到的还要多。

人间巧事

从农村大地流出来的作家们的散文，我们从中每每可以读到农村的风光、风情、河流、大地、各种动植物、季节、农事、家事、村事……给我们以实实在在的收获。王桂宏写老家淤溪（海陵城以北10多千米）的散文集《乡愁》，也是这样。读着令人觉得收获颇大，感到我们的土地上到处才气冲天。他每每以一个不长的篇幅，就把一个富有个性的农村人物极其亲切地给镌刻在文学的书版上，其文学的丰富价值不言而喻。

比如，《篾匠队长》所写陈式海其人，从部队退伍回乡，带回篾匠手艺，他在担任生产大队长（现称村主任，在千人以上的范围里是主要当家人之一）的同时，以其手艺无偿地为乡亲们服务，"先是编挑土的簸箕，哪家缺哪家来拿"，普及到"箩筐、盘篮、隔筛、米筛、淘箩"之类，"他家的小院子，也就是一个篾匠的作场"。同时，他"可以随时到哪家的竹林"去砍竹子而受到欢迎，当然，免不了拜托他做一个淘箩之类的。他手艺的极致是："能把一根篾条劈成九层篾片，薄如纸张……"

这个人物称得上以"毫不利己，专门利人"的精神生活和工作在那块土地上和人民中，写这个人的这篇散文所抵达的，是某种很高妙而又自然的文化生态境界。而作为一个村的主要领导之一，他的本职工作做得如何？与作者切身有关的一件事是，有一天，作者走过这位正在编竹篮的大队长身边时，却听到对作者的主动问候："高中毕业回来啦？下田劳动啊？看你这身子骨，可不是下田劳动的料啊。"不久，作者被安排到本地的教师岗位上，这是他走向未来人生的重要一步，却并不知就是这位大队长举荐的。由此可知，抽闲为大家做着篾匠活的生产大队长，心中却盘算着全大队方方面面的工作，一个高中毕业刚回到村里的青年，他就这样注意到并放在心上了。作者当时的感动且不说，读者也不能不深为感动。

《专家父亲》《开明科长》《"演员"支书》等10多个篇章，一一记写下了作者永远难忘的富有生动个性和事迹的乡亲们。泥土一般朴素的人物，大地一般沉默的高贵，是阅读了这样的散文之后所感到的。

他的"种地的老师"50年前高中毕业，成绩优秀，被公社"就地取材"吸收到本地农业中学工作。大家认为他本人就善于种地，就让他教起了农业课，于是他经常带领学生参加劳动。他的善于种地，在他家自留地上就有杰出表现，蔬菜总是一茬一茬长得出色，"家里吃菜从不用买，学校伙房师傅说，好多新鲜蔬菜都是他从自家菜地带来的"，不收学校的钱。中午在学校搭伙的学生"经常会享受到免费的菜"。这一切真是应了一句老话，"能者多劳"，但这位老师很乐意。他讲授的是农业课，人又生得黑黑瘦瘦，说话声也不高，"脚上总是一双洗得发白的解放鞋，而且从来不穿袜子"，"怎么看都像一个地道的农民"，于是课堂纪律就不太好，然而，他终究以其负责精神、优秀品德而逐渐获得了同学们的信任。比如，师生自己动手建校舍时，这位老师不辞辛劳，远从东海运来特别结实的芦苇，捆扎成拱形做屋顶，屋顶上需要大量稀泥，师生们挖土、担水、和泥，忙得大汗淋漓。为了提高效率，这位老师干脆高卷裤腿，下到尺把深的稀泥中，用双脚踩泥，大家也跟着踩进去，直到踩成足够用的黏稠有效的泥巴，去泥屋顶和墙壁。农业中学最初的教室校舍当初就是这样艰苦奋斗创建起来的。为了带领农校学生到当时农业生产先进的河横大队参观学习，老师借来冲水机船，约定凌晨出发，老师就让路远的几个学生到他家过宿，"晚上在他家吃了一顿饱饭，还有小鱼咸菜。床铺虽然挤一些，但干净整洁"。鸡叫头遍，老师已经做好了很多面饼，"一张有铜锣盖子那么大"，让学生们起来吃了早饭，然后，大家上了船，"顶着满天繁星，随着冲水机的哗哗水声，在夜色茫茫中"前进。多年以后，作家回忆起这些，心里说："他永远是我的老师！"

附记：我曾应马春阳先生邀约，为《马春阳文集·散文卷》写序，从马老寄来的一叠文稿中发现有一纸反面原是一封复信底稿，马老当时手边似缺纸，就拿来利用纸的反面书写，我看了那复信，觉得具有反映马老某种工作情况的价值，遂录在序的最后，作为一个意外的收获与读者分享：

桂宏同志，《笑文》我拜读了，觉得主意好，语言也流畅，读来没有疙瘩。刘乐春性格也较形象、突出，但我只有一个感觉，第三节的比笑得冠军，似乎渲染太过了。这是边看边想的印象，及至看完全篇后，更觉得不必那样，否则有不痛快的感觉。我想略加描写一些也就行了。当然，略加时不能减去，为后来有肺病跌宕的铺垫成分。以上粗浅意见，仅供参考。如修改后，可寄《雨花》试试。

马春阳　10.29

可惜原纸未记是哪一年。那时我曾思忖：这位"桂宏"，他是哪里的人？他后来的文学写作如何了？七年之后，有一天，他从《马春阳文集·散文卷·序》的文末，竟重温到当年马老给他的这个复信，颇为兴奋，联系到了我。从前有句话说：雨点子滴在香头上，巧极了。现在的"桂宏"出版有长篇小说《浮萍》《原点》以及散文集《乡愁》等多部作品，仍将有新作品即将出版，他被选为镇江写作学会的会长，是一位富有文学成就的作家了。人间巧事，遂为之记。

一个古街民

　　王承福这人，本是农家子弟，一年四季的农活都不在话下，既勤快灵巧，又人高马大，是田庄里的一个好后生。后来他应征入伍，在军中也是一个出众的战士，他所在的军队曾被派上战场，于是，他这样的人在战场上也就立有了一定军功，于他而言并不奇怪。他离开军队回乡，后因为失去土地而不再务农，遂选择当了瓦工，俗称泥水匠或泥瓦匠，简称就是瓦匠。这个职业一做就是多年，也就越来越熟悉而固定了，他也愈来愈安于做这份职业。他自己的说法是：庄稼是种出来的，布是织出来的，一个人不可能样样东西都能亲自动手去做，所以才有各行各业。我呢，从前种过田，后来当过兵，现在做泥瓦匠，这都是很正常的事情。别人称我为泥瓦匠，我很高兴，人总得有一份职业嘛，我一辈子就靠着做泥瓦匠过日子也很好，没有什么别的想法。

　　多年以来，王承福对于本城各处房子的来龙去脉和变化情况，可称了如指掌。比如，他能说得出哪里房子的住户有过什么改变，哪里曾经有过什么样的房子，后来如何不止一回成了一片废墟，在废墟上曾经建起过什么样的房子。诸如此类的改建变化，他都能说得清清楚楚。不但如此，他还能说得出房子里住过的人家前前后后的情况，其中有被罢了官的，有被抓去坐了牢的，以致有因为某原因而完全家破人亡的，有的房屋是被充公以后又有新的人家住进来并且加以改造的，有的房子就这样被易主好几次的。所以，没啥文化的他竟然悟出一个道理，说：你的房子，不等于就是你子孙的房子。他谈说起来总是头头是道，也像是如数家珍，这方面他确实知底知情。另外，他从这些经验里还得出一个大道理，说：你捧多大的饭碗，就要把捧这饭碗的事情做好，要不然，天老爷就不容你，富贵到手了也会给你收走。所以，他说他就甘心做一个瓦匠，他觉得自己如今也只能做一个瓦匠了，尽心尽力地把瓦匠做好就行。另外，他坚决不娶妻，他这样做据说却也是出于一种责任心，因他认为自己养活不起老婆孩子，还不如就这样一个人过日子算了，心安理得。否则的话，既要出去做瓦匠，又要操心家里过日子，身心两瘁，想来即使是圣人也会感到很困难，这对于他更是何必呢？于是他决意也就这样"个人混个人，自己管自己"一辈子过下去。

　　写王承福的作者认为，王承福因为不愿意在外劳作之外又操心养家糊口，就不娶妻生子，这就过于"为我"了，如果要他为国为民去操心，他大约是更不会愿意的吧？这可算就是这种人的不足之处了。当然，比起那些贪污自私、走邪门歪道的，王承福要算得上是个很好的人。这番感慨读来有点儿不寻常，以至于有点儿苛刻，他不是别人，是韩愈，唐朝人也。他写的这篇关于王承福其人的传记，译成白话读来有点类似我写的《街民》，恰好《街民》里有一篇《田二》就是写这种个体泥瓦匠的，不过不是抄袭韩愈，是碰巧了。

　　韩愈文末的那些话，王承福本人也许会这样回答韩愈："大人，你说的这番道理虽然好，但跟我扯不上啊。我这剩下的半生就用来为人修房盖屋，也不能说我完全是一个'为我'的人吧？我的能力就是这样，你不能拿我比你们读了那么多圣贤书、可以在朝为官的人啊。但我晓得，先生你其实不是说我，你不过是拿我说那些既然做了官却不忠心为国为民做事的人哈？"

　　古代散文里的人物还有可列入"街民"的，柳宗元笔下的捕蛇者大约也可算　位。

吉光片羽

寒舍的墙上，悬挂着一幅画、一幅字，天天在向我展示着时光的身影。画，是海陵老画家支振声的；字，是南京大诗人忆明珠的。二位都已去世了。

支先生画的是水墨梅花，那是一丛蓬勃繁密的梅花，花骨朵儿缀满枝条，画面清新，生意盎然，滋润着时光和生命。那有似吴昌硕书法的题画诗是这样：

五十余年乐不疲，惯将水墨写花枝。客来相问谁家法，邓尉山中有我师。

看到画，我想起支先生温和厚道、与世无争、耿介拔俗的品格形象。画梅50余年而乐此不疲，真足以自许"梅癖""梅痴"，这是多么执着的精神，也是一种与时间的较量。他崇尚的精神永活在他所作的画中。时间是停留不住的，物质的和精神的成果却可以代代相传，成为后人新的起点，人类就这样与时间抗衡。就连恒星也有死灭的一天，但人类执着的一个理想就是有朝一日能够超越这铁的死亡，这靠的是无数代人持续不断的努力与成长。

很早读过忆明珠的诗，记得他的才华是独特的，诗情洒脱，诗句流光，才华照人。多年以后，我有机会见到一位个头中等、气质不凡、头颅面目生得有如罗汉的人，他就是忆明珠。他写得多的是散文，他的诗心在他的散文里化为百炼成钢的风骨和绕指柔的文句，那不仅是一个一个写下的字，而且更是一声一声的咏叹，其中有着仁者的深心与智者的微笑，一切是那么深厚可靠。没想到他的字也写得那么好，他的一份原稿我欣赏过，其中一段写道：

当深深的夜，深过了它的子午线，深过了它的这半圆，而浸没向另个半圆；当深深的夜终于实现了一个完整无缺的黑暗的圆满，在它那如黑釉瓷盘的外沿上，便泛出了一抹胭脂般的殷红……

他的宏大的诗心和厚重华彩的文字，于此可见一斑。我便向忆明珠先生索一幅字，第二天，我就得到了，是一个行书的条幅，以他工整而清秀灵动的书法写着一首李白的诗，涉及的话题是时光：

日出东方隈，似从地底来。历天又入海，六龙所舍安在哉……

他们不免思索着时间的流逝，寄托着感慨……。诗人确实特别钟情于时间，而吟咏着它的神奇，这有李白的诗句为证：

屈平词赋悬日月，楚王台榭空山丘……

偶得好石记

曾有机会见到过藏石家的珍品，唯有赞叹天工造物，分享赏石的乐趣，若是衡量自己，则绝无能力去收集与陈列那么多、那么好的石头。对于石头，我最赞成的是元气充满，至于形状，或圆或方，或耸或卧，都无不可。混沌气质之外，其他石质方面的特点，也各自有趣。

有一次在朋友家中，见到一块浑然一体的圆石，体积不小，显得十分天然、奇特，在旁边众多奇石之中，它只显得一副呆相。然而，我觉得它是最好的，就因为它的浑然一体，元气满满，有如天地之始，鸿蒙未开，何其自得自在。当然，它的石质也很不凡。

又有一次，一位石头很多的先生让我这个参观者给他的石头指个第一出来，我就指了其中一个扁圆形的黄蜡石为第一，就因为喜欢那种浑然的意味。但有一块大斧劈皴、青山挺立一般，石质很见刚的，亦惹我心动，似可并立第一。足见品石论石确实不能一概而论。我最不以为然的，是"像石论"，说某石头像某物。当然，若某石确实天然像某物，某远山确实像天外仙人，也就确实有点奇。

郑板桥对石头有过品评，他说，米元章论石，提出了瘦、漏、透这三个字，是很妙的。东坡又提出了"石文而丑"。一个"丑"字概括出石头的"千态万状"。这样，对石头的鉴赏，就有了五个字：瘦、漏、透、皱（文）、丑。而板桥又提出了丑雄与丑秀这两种。

许多人收藏石头，似仍不局限于此，如果尽是些瘦、漏、透之类，大约未必很美。石头作为景物、摆设、绘画的对象，如何才是最好，看来不可一概而论。

要想得到奇石，正常途径无非一是找，二是购。今年春天，一群搞摄影的朋友赴皖南、浙西山区，在龙泉溪边众多卵石之中，一瞥之下，发现一块黄蜡石。虽然蜡得不算透，石头也不大，但似乎有点元气浑然的意思，既是天生无主，也就收取囊中。洗净把玩，不料却见这石头竟有点"像"了起来，整体与某局部都有大智若愚模样，却也不能不视为它的一个特点了。

春光摄影序

　　春乃蜜蜂的季节,此时同忙者,有以摄影为乐人士一行20多人,自费驱车前往安徽歙县、浙江丽水地区采风创作,并至昆山千灯古镇一游,历时7天,行程2000千米。登高山,历险峻,临深渊,探幽谷,餐山风而冒冷雨,亦可谓不畏艰难矣。遥望民居错落于山间,仰观菜花灿烂于峰峦;叹民族生存之顽强,感民众劳苦之高贵;收纳春光于相机,显现美景于画面。快门闪动,深情灌注;光影成像,实录自然。摄影之功,功在其中;摄影之乐,乐亦在其中。我照山河,山河照我,身心俱往,满载而归。观各位之创作,有重天地之庄严者,览山川之壮美,望旷远而取景;有慕山居之人家者,借竹树之掩映,成幽美之小品;有羡渔农之风光者,取劳作之图景,定动象于瞬时;有喜民俗之风情者,爱老少之百态,窥殊相而得趣。或张大气,或主优美。青山与绿水同在,花红与叶翠相映。匠心独运,各创其意;琳琅纷呈,美不胜收。

关于两个剧本的写作

一、血色宝石

我写戏曲剧本《冀州记》，题材的获得，出于偶然。在翻阅《三国志》时，不禁为这样一些可以连贯起来的叙事所吸引：

谭遣辛毗乞降请救……公许之……为子整与谭结婚……

……公之围邺也，谭略取甘陵、安平……公遗谭书，责以负约，与之绝婚，女还，然后进军。

十年春正月，攻谭，破之，诛其妻子，冀州平……

子整，建安二十三年死，无子。

这里显然有一个无辜而不幸的女子，那就是袁谭的女儿。曹操做主，将其嫁给自己的儿子，但后来又遣还她，她最后在满门抄斩中死去，而曹整也可能甚至必然在精神上受到相当刺激，所以年纪轻轻就去世了，并且没有孩子。

"娶、还、杀"构成一个戏剧性的曲折过程，内含着历史与人这个主题，曹操、曹整与无名却在字里行间留下一抹血痕的袁谭之女这三人之间，在这件事上会有的思想与情感冲突，是不言而喻的。

鲁迅先生一针见血地指出，几千年封建社会浩如烟海的史书，满篇只有两个字：吃人。

也许可以拿这个材料来写一篇历史小说，它含有的戏剧性暗示着若用戏曲形式来叙述这个故事，艺术上当别有趣味。

有的戏因为缺少女主角而不得不杜撰出一个来，特别是历史剧，有时总显得不够自然，而这个戏里袁谭之女却是天然存在的，这实在是一个好条件。

主要人物只有三个，比较简单，但人物本身以及相互间的关系与纠葛，并不简单，是写戏可以有为之处。

这个戏的背景是金戈铁马，但又自然而然存在着父子情、儿女情，它们彼此交错，又与背景发生冲突，所以也许能刚柔相济、铿锵柔绵。虽然这个创作简直是建筑在戏中三个主要人物的痛苦之上，但好在他们都死去近2000年了，距离感让我们能进入艺术的领域对这一真实的悲剧作鉴赏。

我珍惜这颗在史书字里行间埋藏已久的血色宝石，不愿过分雕琢它，也许换一位写戏老手，会写得更丰富更艺术。

此剧本的产生之由，是我刚从文化馆被调进剧目室，虽无硬任务，但感到自己要学着写起戏来才是。正好看到福州举办"'榕城杯'全国优秀戏曲剧本大奖赛"的消息，要求作者提供剧本，同时要求一式二份。我怀着一试的心理，手抄一份寄去。那边来信说：我们要两份，请你再寄一份来。我为自己的偷工减料抱愧，遂又抄写一份寄去。过了不久，接到第二封来信，里面却是一个获奖通知。后来有人告诉我，1995年6月11日的《中国文化报》刊出了有关消息：

> 由福州市文化局和《剧本》杂志社联合举办的"榕城杯"全国优秀戏曲剧本征文大奖赛评选近日揭晓。经全国知名戏剧专家组成的评委会认真评选，新编历史传奇剧《告老尚书》《龙脉案》《冀州记》《坚船赋》，现代戏《续弦记》《午夜梦圆》《红灯笼》《五彩链》《异国未了缘》被评为优秀剧本奖。另有现代戏《金菩萨》等17个剧本荣获入围奖。这次征文大赛共收到全国21个省、自治区、直辖市作者的142个剧本，其中现代戏74本，历史故事剧（含古装戏）68本，普遍具有较高的思想艺术水平。

二、一个童话剧

写《拇指姑娘》，虽属一时兴起，却是重读安徒生童话原作的有感而发，其情可用一挥而就来形容，因为原作故事富有戏剧性而觉得其主要情节基本无须重新考虑，而原作中的人物形象也众多而生动，这些都给改编为剧本以很大的方便，从这点来说，这个剧本也是很尊重原作的。至于唱词，却全得自己来编写，却也如行云流水很轻松地写了出来。当然，这个剧本也并不是照着童话原作简单"剥"下来即可，然而编写得确实较轻松愉快，毫无绞尽脑汁的所谓"编剧之痛"。遥想安徒生当年写这篇作品时，灵感所至，本身是带着生动的戏剧性而到他的笔下的。这个剧本写成后，很自然地我将它归为儿童歌舞剧，投稿寄出。中国戏剧家协会主办的著名的《剧本》月刊即在2005年第1期"要目"予以发表。真像是碰上了好运气。后来方知时值安徒生诞辰二百周年，全世界都在纪念这位伟大的童话作家，我可算正好为《剧本》月刊制作了一件礼品，以对安徒生诞辰二百周年表示致敬。写这个儿童剧，是我心中一件乐事，它不是起于创作任务的压力，也不是因为某方面的征稿，而是阅读之际的一时兴起，可以说是起于诗意而归于诗意，于是一挥而就。后来，全国南北东西颇有剧团在几个大城市上演了《拇指姑娘》，至于他们依据的一剧之本与《剧本》发表的此作有何关系，我就不知道了。

木雕上的信念

曾经，我有机会到设在海陵城西南远郊的世泽木雕中心数千平方米的大厅去看过。第一感觉是辉煌。这辉煌的陈列大厅里的工艺作品，展示着木雕的财富，其艺术的水平也当以顶级来形容。心中的疑问也就来了，拥有这财富的是什么人？他的财富之路是怎样的？他为什么选择生产经营工艺美术作品？心中带着这许多疑问，我见到了老板本人。这老板并无一般的或标准的老板样子，而是一位朴素的工人老师傅模样的人，他就是这个中心的亲手创建者和日常经营者。他姓帅，有一个女性化的名字，春燕。他的"第一桶金"，就是他的手艺。帅春燕本是泰州工艺美术厂的职工，土生土长的海陵人，他的才艺的最初表现是：十刀就能雕出一个人面像。当他自己创业，眼看取得成就的时候，却被起了坏心的一位生意朋友骗取个精光。他只得从头干起。先是在外省一个工艺美校当教师，教会了几百学生，后来他决定回家乡重新创业。于是，有了现在我们所见的辉煌。他的成绩，是技术与经营、头脑与手艺、人品与能力、精神与物质相结合的产物。如今，他公司的作品热销国内外，名播欧亚。比如，江苏千佛寺全套佛像、武汉市政府大型壁画、日本大麻寺佛像群雕、法国巨型图腾柱、意大利皇家欧式钟，等等。作品的种类有12个系列，公司的连锁店遍布全国。一位画家朋友站在一座大型根雕面前，赞赏不已。这件作品就着树根的原生形状，以出神入化的意境，化腐朽为神奇，变不材为作品，当得上巧夺天工，该是价值连城。于是，由惊叹这样的作品、这样的成就联想到，辛勤踏实奋勇向前的创业者是好样的，他们是创造人间奇迹的人，他们就在我们身边，虽然往往并不为我们所知。

酒之言

　　一个人是何时晓得饮酒之乐的？想来该是父辈做出了示范。他们的饮酒，每每是在傍晚，回家的路上，自己从烧腊摊上带回一点儿下酒物，比如猪头肉、猪尾巴，这是最平常的，还有猪脑子以至于麻雀之类的，烧腊店里都弄得味道特别，很好吃。这些，一般是包在枯的荷叶里带回家。在桌上把荷叶摊开，好吃的东西就一下子呈现出来，色泽诱人，香气四溢，令人馋涎欲滴。这时，做父亲的就用筷子夹两块到孩子嘴里，让孩子解解馋，然后他一个人就着杯中酒，慢慢品尝，而孩子嘴里既有，也就满足而自觉地走开了。烧腊香，又加上酒香，飘逸开来，傍晚的时刻里弥漫着安宁、幸福。小时的男孩女孩，于不知不觉之中，也就获得一种生活模式了。

　　总之，每到傍晚，普通百姓男人们的一乐，就是坐在家里的大桌旁，或在门口摆下的小桌旁，饮酒，吃一点儿这样特别的小菜。除了烧腊之外，还有油炸蚕豆瓣、花生米、茶干之类的，也挺好。男人何以每每是在傍晚时这样饮一点儿酒的呢？想来因为他们在劳碌一天之后，这时得着点儿空闲，饮酒，吃一点儿烧腊肉之类的下肚，既休息着，也补充着身体的所需，而物质既不宽裕，也就不能吃得很多，更不能让全家都跟着尽情享用。但这样又仿佛也特别形成着生活的味道似的。一种不胀不饿、不穷不富，有点儿紧，但又过得下去，而前面总像是有着希望的日子。这希望，有一部分是在国家身上，有一部分是在孩子们身上，而自己，总算是尽着劳动的努力，心安理得地就这样过了。这种生活，无以名之，就称它为"平民的平凡生活"吧。

　　到自己长大为一个准男人的时候，饮酒的欲望渐起，乃起始于豪兴，并非如父辈是劳碌一天之后的借此休息与补充身体所需。到得二三朋友，也就竟然开了酒戒，其结果一般是饮得不多，却喝得脸儿红红，自我感觉很豪，仿佛坐拥了盖世的气概，虽未必能"铁如意指挥倜傥"，却也向往"千杯未醉唷"。

　　随着逐渐地、真正地走上人生，一个男人的饮酒，其生活的与精神的内容，就多样而复杂了。有发自内在豪兴的，有出于礼节应酬的，或有来自生活之乐，或不免以酒浇愁，也有干脆就是出于庸常无聊，不管咋样，有意无意都模仿起父辈的形状来。生活内容较为复杂的人，他的独自饮酒或与人同饮，也就复杂，这在银屏上诸种电视剧里，得以淋漓尽致地展现着。从古到今，从粗碗到细杯，从疆场到密室，各种饮酒，蔚为大观。

　　关云长"温酒斩华雄"，何其豪迈；李太白"唯有饮者留其名"，何其潇洒；王羲之"昨日吾真醉也"，何其风雅；苏东坡"不知东方之既白"，何其超脱；孟浩然"开轩面场圃，把酒话桑麻"，何其清逸——都是中国人饮酒的楷模。

　　俗话说，一人不饮酒。当我们的父辈坐在门口小桌上做他晚饭之前的小酌时，若有邻舍或熟人经过，则必定要诚恳做着手势跟人家客气一句：坐下来弄一杯！如果是比较亲密的朋友，也就很随和地坐下来，二人边饮边谈起来，并且要增加些菜肴；但一般人则总是笑着说，你请你请！说着也就并不打扰，得着些愉快走了过去。

　　李白似亦乐于与人共饮，这有他的诗句为证：举杯邀明月，对影成三人！

读在水之湄

在水之湄写了两篇很好的小说,《小三爹》令人感动,《二爷》令人深思。《小三爹》题目里有一个"小"字,虽来自生活本身给一个人物的命名,却表达着作品的一种深情。作品中的孩子们,只是三爹的孙辈,孩子们心里不愿尊称个头比自己还矮小的残疾人为"爷",所以在那巍巍崇高的称呼前面,给加了一个"小"字,虽仍含叫"爷"的亲切,却嬉闹而固执地指出了他的不合格之处,以满足一种心理的平衡。而这"小三爹"却纯情地以给孩子们快乐为自己的快乐。"他像一匹忠实的大狗驮着我们满村子里溜达","去石桥上看风景,在土墙上捉蜂,到园子里看桃花,去水边看捕鱼",孩子们每每"一个个装作力不能支的样子赖在小三爹的肩背上不肯下来",而不管这个矮小残疾的爷爷多么力不从心。叙事下的这般情节,令人唏嘘而感动。《小三爹》篇幅不长,以几段典型的情节,写出了老人的一生,含蓄不尽而亦已写尽,文情足也。言随情转,富有变化,自然而然,得心应手。这样的小说,使人间真情百态尽显于眉眼之前。

如果说《小三爹》写的是一个普通的农夫,《二爷》写的则是一个不寻常的人物,虽然他最终也是生活在乡村中的。"我家三代贫农,希绥却是刘姓大地主的长房长孙",然而他也曾投身时代洪流,参加过革命队伍,却终于在被时代巨浪拍击着回到了乡间,在一般眼光看来,他是沦落了。他会给孩子们讲"新四军故事和《聊斋志异》",有一天,他却以一口流利的英语令人震惊,于是义务地给孩子们做起了辅导。他似正常离开人间,然而至少在乡村的正常眼光中,他不曾有机会为国为民尽其所能,而这不能怪他。这个人物较为复杂,而以极短篇幅叙出其一生,也属不易了。

书生与生财

传统书生，一副清高而迂腐的模样，似乎不大考虑怎样生财之事。这情况，文学表现甚多，典型如鲁迅笔下的孔乙己，如果他把那读书功夫的百分之一用于生财之道，他的境况也就会不一样，不至最后在穷困中死去。那时，穷困中死去的人很多，但孔乙己是读书人，未有所用，不免令人格外惋惜。在无声无息的毁灭中，有值得深长思之的内容。《儒林外史》里的范进，起初也穷得像孔乙己，但后来他中举了，于是就有人送银子、送房子给他，孔乙己不曾有这好运气，他是向往而未得。

传统书生不是不懂人生在世，需要有养活自己的最起码的财富。只是他认为如果把精神力气用于生财，未免不高大、不合算。这至少有一部分倒不是为自己考虑，而是要为国家建功立业。但并非每个书生都能得遂这种大志，或因为学问与才能不过关，不堪为国所任，或因为那个仕途，成了高高在上的事物，他总是够不到。那么，转而从事某种比较平凡的职业就是了，但书生往往不肯这样，宁可穷饿，也还是执着地要做个书生，不肯脱掉他的长衫，极端的是剩下一件破长衫也不肯脱，因为长衫已经异化成高贵或候补高贵的标志，脱下长衫就意味着身份的下降，意味着自己也认可自己没出息了。

于是就有了孔乙己这样的典型。有人说，这应当由"学而优则仕"负责，但抽象地说，比如，且假设这"仕"指的是做个瓦木匠，徒弟当然要"学而优"才能满师，才能独立以此手艺谋生。"学而优"的人，比起"学而劣"的人，与根本无学的人，当然不同。所以，问题只在于"学而优则仕"的后面，少了一句俗话："行行出状元"，虽然这已近于墨子，但若无这个补充，则天下全是孔乙己，如何得了？

假如那仕特定所指是做官，那就会造成孔乙己坚持穿破长衫这样的事情。其实，孔夫子先前就做过各种鄙事，没啥行业是他老人家不能做的，他后来立志要让天下克己复礼，于是汲汲奔走天下，这才有点儿小不下来。

自汉武帝独尊儒术始，进了儒门，方可望仕途。久之，后世儒门子孙，刚做了半个秀才，也就有高人一等的意态了。秀才的长衫其实只能称"青衫"，还不是做官的"红袍"。先得着青衫，后来才得着红袍。穿破长衫而未获志的孔乙己，其长衫本来毕竟是一件新的长衫，虽然远未能换成红袍，但意识里是体会过的，所以他仍愿把自己裹在里面。他再穷也不肯脱下破长衫，而一定要维持着一份幻想及其尊严，最后穷得只剩下破长衫这个尊严了，虽然在咸亨酒店那儿喝酒解乏的"短衣帮"天天把他取笑得不堪，他却能置之不理，决无脱下破长衫穿起短衣的打算。

经查阅，儒学并不反对生财，它着重探讨的是国家社会的生财大道，这就是：一、务本节用。比如，朱熹引吕氏解释此意：国无游民，则生财者众；朝无幸位，则消耗者寡；不夺农时，财来之较快；量入为出，财去之合理。二、贯彻仁义。"不仁者以身发财"，腐败的不仁者，会让府库之财非法流失。这是儒家"治国平天下"的大道理，说得很对，所以戏曲舞台上刚正不阿的儒生与官员形象，每每为观众所认可。

孔乙己活生生被占据着他的头脑的偏颇理念送上了绝路。从《史记·老子列传》的记载看，老子曾说过，"去子之骄气与多欲，态色与淫志，是皆无益于子之身"。这话似也可用来劝孔乙己。

孔乙己不是"小人哉"

咸亨酒店小伙计看到的最后的孔乙己,穿的是一件破夹袄,而不是往常身上的那件破长衫。执着地穿着破长衫的孔乙己,终于是失去了他的破长衫而离开人世的,但仍不能说他就成了"短衣帮"。失去破长衫该算是临终的孔乙己的一个遗恨。鲁迅这一笔何其残酷,然而他只是客观描写了事实,没有"瞒"和"骗"。

孔子当时就称他亲授的学生为"小人哉"的,然而这三个字,我们却不忍加给孔乙己。且不说他是那样喜欢小孩,起码还有以下四个方面能说明他的优秀:

一、他善良。你看,他一到小酒店,所有的人都拿他取笑,而他从不反唇相讥,甚至都不为自己辩护,他只是不理人,对柜台里说"温两碗酒,要一碟茴香豆";实在被无聊的酒客们逼急了,也只会说"窃书不能算偷",还有什么"者乎"之类,更引得众人发笑,"店内外充满快活的空气"。

二、他讲道德。虽然他有个可笑的、不算好的名声,即受雇给人家抄书时,最后往往"连人和书籍纸张笔砚一齐失踪",似乎太随便,为人也不可信,"但他在我们店里,品行比别人都好",欠了钱,不出一月,定然还清。这矛盾的现象说明,孔乙己认为,急要钱用而卷走有钱人家那点儿书籍纸张笔砚,算不得大事,可视为小节而不拘;但生意人小酒店的钱却不能拖欠,要放在心上。这一品行,他保持到他那最后的悲惨一天。所以,人们对孔乙己的态度也是不一样,雇他抄书的穿长衫的人,会把他打个半死;而那些"短衣帮"的人们却并不看他是贼,而看他善良笨拙,因此每每拿他取笑为乐。

三、他乐于助人。他出口之乎者也,一笔好字,但他确实连半个秀才也不曾捞到,这很尴尬,成了人们永不枯竭的取笑的由头。尽管这样,他却执着要教小伙计写茴香豆的"茴"字,说是为小伙计将来记账着想,他用手指蘸了碗中酒,要把"茴"字的四样写法教给小伙计,偏偏小伙计不感兴趣,他只好叹口气,极为惋惜。

四、他要面子。大家笑他偷书,他辩解说是"窃书。读书人的事,能算是偷么"。后来他被丁举人打了大半夜,打折了腿,在外面却说是自己"跌断"的,眼色里恳求别人不要取笑。他不是一个不要尊严的人,他在社会上已经失去了几乎所有的尊严,除了短衣的人们还记得他是一个读书人。最后,他不得不开口恳求人们"不要取笑",但人们却不肯放弃这一乐趣,他就在人们的说笑声中用手撑着地"走"去,并且永远地消失了。

孔乙己以其一生,为何在人间路上走出这样一条蜿蜒曲折的路,确实不能不使人感慨和深思,这该就是催促鲁迅拿起笔来写这小说的初心。

衣服与灵魂

棉袍子的形式与长衫相同。现在的长度过膝的羽绒服，可相当于从前的棉袍子。长衫一般是春秋时的着装，可以把现在的风衣一类的服装视为其延续。现在要见到鲁迅笔下的那种长衫也不难，在舞台剧或影视剧里比比皆是，对于什么样的角色是穿长衫的，什么样的角色不可以穿长衫，导演不会弄错，演员不会穿错，观众也不会看错，这一常识所承载的时代社会内容，想来却真是大得惊人。

以鲁迅散文《故乡》里的闰土来说，他是有可能在冬天穿一件粗布棉袍子的，而且会用一条很粗的布带子束腰，他会把棉袍子的一角卷上去拴在腰间，以便于做事，但他虽可能有一件棉袍，他却不可能穿上长衫，那样他就不是"闰土"了。

孔乙己"穿的虽然是长衫，可是又脏又破，似乎十多年没有补，也没有洗"，这是科考制度即将寿终正寝的年代一个破落悲惨的读书人形象，对于鲁迅而言，这是他祖父与父亲的年代，甚至鲁迅的弟兄们也曾参加过科举考试，但后来他们都转身而去就读于新学了。孔乙己这个小说人物，是鲁迅对于科举"末世"有所感触而落诸纸端的。

周作人在《知堂回想录》里写到青少年的他在老家时，曾有一大苦恼，就是"每天上街买菜"，而且"上街去时一定要穿长衫"，从家到街市有二里路，"时候又在夏天，这时上市的人都是短衣，只有我一个人穿着白色夏布长衫，带着几个装菜的'苗篮'，挤在鱼摊菜担中间，这是一种什么况味，是可想而知了"。可见，长衣衫如此地点不宜而且孤单地出现在短衣衫中，是尴尬得很的。"我想脱去长衫，只穿短衣也觉得凉快点，可是祖父坚决不许。"他还写到过钱塘江的渡船每每需要乘客义务帮着摇橹，"穿长衫的都照例得免，其抬轿挑脚，及一切短衣人等则均有帮摇的义务"，否则就要挨船夫痛骂，"绍

衣服与灵魂　137

兴船夫的善于骂人，是向来很著名的"。

"原也读过书，但终于没有进学，又不会营生"的孔乙己，"愈过愈穷，弄到将要讨饭"，他是不配穿长衫的了，然而总不肯脱下他的破长衫，内心仍是要挣扎着"向上"的。然而，他毕竟无能为力了，到后来，虽然"秋风是一天凉比一天"，他身上却只剩下"一件破夹袄"。小说用他的腿被打断来暗示，那破长衫是挨丁举人之类毒打时给强行剥去了吧，他们认为他连穿那件破长衫也不配了。孔乙己最后当是身着破夹袄离开这人间世的，其悲哀之深，何以复加。由一件衣服，写尽一个人的灵魂与命运，也写尽其所在的世间，所谓笔力千钧，于此可见。

"道"的式微

日本作家芥川龙之介作于1917年8月的短篇小说《大石内藏助的一天》，取材于1701年的某件实事，实事是城主浅野以刀砍伤所恨的幕臣吉良，被迫剖腹自杀，领地被没收。作为浅野家臣之长的大石率众四十六人，夜袭杀死吉良，为主报仇。

据新渡户稻造所著《武士道》一书可知，旧时日本武士制度的存在长达七百年。依此，则芥川取材两百年前的这篇小说，就其写出了武士道走向下坡的情况及其武士的内心彷徨而言，他的这一艺术把握是现实的和深刻的。指出式微，至少是指出那纯然而又具体的"武士道"在现实中的难以为继，这个认识与新渡是有所不同的，或者可作为其补充。因为，新渡一面说"武士道为全体民众提供了道德标准"，使"大和魂成为这个岛国民族精神的象征"；另一面却也承认"单是汹涌澎湃的民主主义大潮，就足以消灭武士道的残余"。

小说的取景，是某一院落的室内，这时大石及其部众对吉良复仇而大功告成，被软禁在这院内等待处理。大石回顾：经过两年的种种准备，他们于去年腊月十五为故主报了仇，撤到泉岳寺的时候，他吟出了"快哉雪恨身可舍，尘世之月无云遮"的俳句，那种身心俱爽的状态，回顾之下仍是很好的。这简洁一笔，很文化很形象地写出了武士道的某种特点。作者对大石这一满意的心情，又继之以进一步的渲染："一切都是以与他的道德上的要求几乎完全一致的形式完成的，……无论从复仇的目的来考虑，还是从采取的手段来看，……可以说满足到了顶点。"大石满意着自己终于如此这般成为了一个标准的武士。

大石亲身血腥践行了武士道所获得的平静和满意，不断地遭到来自现实的袭扰和破坏，他内心虽然坚持着，但终于走向了"哀情"：

一、"自从咱们杀掉吉良官人以来，江户城内流行起报仇雪恨之类的事来。"部众们谈说到此，似皆有所自豪，唯独大石"一手支着额头，露出不感兴趣的样子，默不作声……心头罩上了微妙的阴影"，本来那股"热乎乎的情绪多少有点凉下去。……只觉得春风得意的深处有一股刺骨的冷气，使他感到一种说不出的恼火"。这一笔心理描写，说明武士道在社会风气方面的不良影响，于武士的内心是不可能无动于衷的，尽管一时有人以此自豪。

二、别人夸赞"黎民百姓受到你们的忠义的感染，也都想仿效那样的行动。在改变上上下下堕落的风气方面，可以产生不可估量的影响"。而大石却回避这一赞扬，说起复仇行动中丢脸的事来：参加行动的都是"身份低下的人"，而一些身份地位高的人，甚至"还有我的亲属"，在"即将起义的时候都变了心"。大石这时为这次践行武士道过程中的不足之处而感到遗憾和不甘，他的内心仍追求着践行武士道时应有的完美。这是他内心的坚持，虽然"江户城内流行起报仇雪恨的事来"已经影响到他内心的平静。

三、大石所言的遗憾影响着他的这些追随者，"室内的空气失去了先前的快活劲儿"，追随者内心的某种不满也纷纷表露了出来，比如："他们个个都是十足人面兽心的家伙，没有一个够得上武士资格"，以至扯到百姓对武士的某种批评"连黎民百姓也都在骂那些无功受禄的饭桶武士"，百姓甚至谈到从前某官人的剖腹自杀，据说是被逼的，说来真不光彩（意即没有武士道对于剖腹自杀所要求的那种豪迈从容）。这些批评的话虽然是以武士道为原则的，却已是对此道现状的不满，所以受影响的大石只能"百无聊赖地望着火盆发呆"了。在批评这次行动中身份高者的变心时，身边这些追随者也是在张扬着自身的忠义，然而，大石"心里吹拂着的春风再度消失了几分温暖"，何以呢？因为他内心体谅到那些高贵者的临阵"变心，大多是十分自然的"，他"对他们始终持宽容态度"，不必在"将我们捧作忠义之士"的同时，而"非把他们当成衣冠禽兽不可"。这是他在身边一片豪迈声中却"怫然不悦"的深层原因。他的这些心思，也许不合一般所理解的武士道，但他似认为，这也应当是武士道的应有之义。

四、他的沉默不语，被视为态度的谦虚，有部下就赞扬他的忠义甚至超过了古代要为主人复仇而吞炭为哑的武士。于是纷纷对他加以赞扬，说到在那做准备的两年里，他也曾装疯，以至获得浮华公子之名。这些表扬更使他内心惭愧，因为"他当时是怎样尽情地享受"了那"放荡的生活"，而"把复仇的事完全抛在了脑后"，他不能自欺而否定这个事实。当众人这般把其当作他的英雄行为表扬着他而其实误解与歪曲着他时，他不能不"感到内疚"，以至有点儿"怫然作色"，在他内心，现在"笼罩着一层冷冰冰的阴影"。他讥讽地想到，"他的报仇行动，他的同伙，最后还有他本人，大概会随着这种任意赞赏之声而传之后世吧"，这真是令他"不愉快"和"悲伤"的，"一抹哀情慢慢包围"了他，"随着梅花吐出的微香沁透到冷彻的内心深处"，成为一种"无以名状的寂寞"。

至此，小说以极其细腻的笔触，在所营造的武士道文化氛围里，刻画了大石这位武士的复杂内心世界，从而剖析出武士道文化的式微及其虚骄不实。这也可算是小说作者芥川龙之介与《武士道》一书作者新渡户稻造的一次对话了。

春的话语

且看古人这段美丽话语：东风解冻，南雁北飞，人们都到东郊去迎接春的到来。地气上升，天地交泰，草木复苏繁生。这时候，当特别禁止伐木，也不要打鸟，不要猎杀幼小的动物。除非不得已要抗击侵略，春天不该兴起兵革。化生万物的，当然是天；但让万物能够自在生长的，只能是人。维护大自然的完整，是人的责任。人本身也要由人来维护，所以就立官，但官多了却反而有害。人也要注意保养自己，声色滋味这些东西，如果不利于人身的健康，就应当放弃。这个道理，对于一切人，都是一样的。所以，肥肉厚酒，可以烂肠；皓齿明眸，也是利剑。人应当重视自己个体的生命，即使拿天子的地位来换你的生命，你也是不能同意的。生命一旦失去，就不复存在了。所以，人不应当与自己的性命为难，纵欲就是倒行逆施。对于生命，人要重己；对于天下，人要为公。得天下者，是由于为公；失天下者，是因为偏私。天下非一人之天下，是天下之天下。所谓治理天下，其实就是要治出个天下为公来。你看天地，哪一样不是它所生育的？但是它却并不据为己有。万物承受着天地的恩泽，却处在不知不觉之中，这正是天地的伟大之处！天地是无私的，日月是无私的，四时是无私的，人也应当无私。无论是治国，无论是举贤，都要无私。

这段话，从对大自然的保护说到人的自身保养，从人的个体关爱到人的社会，从天之道说到人之道，循循善诱，谆谆教诲，提醒人们应当怎样，不能怎样。它的题目叫作"孟春纪"，我们可以意译成"春的话语"。它出自2200多年前问世的《吕氏春秋》，《孟春纪》是其第一卷。

郭沫若说，《吕氏春秋》的内容，恰与秦国的政治传统相反，更与秦始皇的作风相冲突。不过，此言有偏，因为我们在《荀子》中读到，荀子考察秦国之后，是有好感的。当然，后来也有苏东坡等人因恨韩非而骂荀子。

吕不韦为何要"极简册，攻笔墨，采精录异，成一家言"，编出这本书来呢？仅以《孟春纪》来说，它借着春天的话题，立足于天人之际，所谓"上揆之天，下验之地，中审之人"，它所持论的核心是天人合一、崇尚自然，这大约也不只是所谓教育秦始皇的事儿。

居移气

鲁迅在《"京派"与"海派"》一文里写道:"居处的文陋,却也影响于作家的神情,孟子曰:'居移气,养移体',此之谓也。"他在《汉文学史纲要》中论及荀况的《佹诗》时说:"词甚切激,殆不下于屈原,岂身临楚邦,居移其气,终亦生牢愁之思乎?"

可见,"居移气"是一定的了。此"居",我们且直接理解作"住处",即住宅及其环境。君不见欧阳修、苏东坡每到一处做官,总要把自己的住处弄得很优雅吗?扬州的风景名区平山堂,就是欧阳修做扬州太守时弄的。苏东坡说他自钱塘移守胶西,背湖山之观而行桑麻之野,加上饮食与社会环境也不甚佳,所以有些索然,虽能不为所动,毕竟在诸事稍安之后,也就着手治其园圃,洁其庭宇,修葺了超然台,以为登览,终于改善了他的居处,"雨雪之朝,风月之夕,予未尝不在,客未尝不从",能够乐在其中,文章也就出来了,题为"超然台记"。

但凡事总不可一概而论。倘若居住不甚佳妙,影响了写作的神情,那也不要紧,是可以弥补的,那就是游玩。游玩既能调节情绪,又是深入生活的一种方式。我们的先人在这方面也有榜样。比如白居易,他在元和十年(815年),贬官降级到了九江,任一个司马的闲职,居处也不大理想,"住近湓江地低湿,黄芦苦竹绕宅生",但他在游玩浔阳江头时,有感于歌女的生涯,写出了好诗篇,就是《琵琶行》。又比如柳宗元,他贬为永州司马十年,后又调任柳州刺史,按《新唐书》所论,这都属于"窜斥"。地又荒蛮,居处显然不好,柳宗元自己就说过"城上高楼接大荒"的话,他也是用游玩来弥补的。《新唐书》说他"自放山泽间",这是不错的,有他的《永州八记》这些文章为证。不过,古人贬言的居处荒蛮,在今人也许倒是值得向往流连的自然风景区。

杜甫写过《茅屋为秋风所破歌》，因为住房问题而发这么大的牢骚，也算是颇有名的了，可是他又说"安得广厦千万间，大庇天下寒士俱欢颜"，老先生的精神一下得到了升华，这首诗也就成了名篇。由此可见，住在破屋子里也不等于就写不出好文章来，因为作家的神情是一个积极的因素，但毕竟，居还是移了气的，杜老先生写出的毕竟是一首带着"破"字的歌。周代的奴隶，住在土屋里，唱出的是"七月流火"的悲歌；王维住在辋川别墅里，写出的诗句是"寒山转苍翠，秋水日潺湲"，表述出恬静悠闲之意。

　　但是，居毕竟只是人生的一个方面而不是全部，作者下笔时的思想情绪当受着更多因素的影响，所以，单从居这一个方面去考察作者的文章之气，就难免有失全面和深入；否则，我们就不能理解，为何辞职归山的陶渊明住在草屋里，却写出"采菊东篱下，悠然见南山"这样悠闲的句子，而住在别墅里的大官王维竟以陶诗作了自己的范本。

　　鲁迅所引孟子的话，在《孟子·尽心章句上》，孟子是望见齐王之子的气概而发出感叹的，说"居移气，养移体。大哉居乎！"朱熹注解说："王子亦人子耳，特以所居不同，故所养不同，而其气体有异也。"

　　孟子下面还讲了一个有趣故事，说鲁君到了宋国城下，大声喊门，那守门人诧异说道，听声音并不是我们国君，但为何又很相似呢？孟子解释说，"此无他，居相似也"。指出仍得从这方面去做解释。作为国君，鲁君与宋君不但都住在高大华美的宫室里，而且其养也都是很好的，所谓"唯辟玉食"，所以都是这样与众不同的。可见，孟子对于自己发现了"居移气，养移体"这个规律，很有几分自得。

　　朱熹将这个"居"字注释为所处之位。这一注释是不错的，若直接理解为居处是狭窄了些，但好在《孟子》里的居，本亦有居住之意，比如"男女居室，人之大伦"，伯夷"居北海之滨"。而在"居移气"后面，还并列有"养移体"，这一居一养，可见所言与住宅及其环境多少还是有关系的。不过，孟子本人也矛盾，他还说过"君子所性，虽大行不加焉，虽穷居不损焉，分定故也。君子所性，仁义礼智根于心"。就是说，他是标榜"君子所性"，是

居移气　145

不以其居，即不以其得到的地位高低为转移的，至于居住如何，应当更不会有损其性情，反正心中总是充满了"仁义礼智"，高大得不得了。怎么会"望见齐王之子"的气概不凡，就惊呼"大哉居乎"，赞叹得不得了呢？所以他就需要着意地"我善养吾浩然之气"来支撑了。真是活活反映出居于下位以至无位的儒士心灵的一种挣扎了。我们在圣贤孟夫子心灵里似已见到了一丝孔乙己的影子。

好吧！丢开这个累人的话题不说，总之，砌房盖屋，不断改进居住条件，倒确实是人类的主要活动之一，就跟鸟儿总要弄好自己的巢一样。

（原载《解放日报》）

心性、人种以及选与弃

当阿Q被押到法场，人们围观，他吼出一声"过了二十年又是一个……"博得了人们的喝彩。作家周立波就此在1941年写道："从别人无辜的不幸里，得到了喜欢，在自己同类死去的时候，找到了快乐，这也是我们古国的一种特别的风俗。"（周立波《文学浅论》）不过，是否唯有中国人才曾经这样麻木而无同情心？

英国作家哈代（1840—1928）所著长篇小说《德伯家的苔丝》中关于人物内心思索这样写道："一个女人，说出自己的历史来，这对于她是一个最重的十字架，对于别人却不过是一场笑话儿。这种情况，好像是我们看着殉道死义的人，也要欢笑快乐似的。"读到此，不由得要说：这种幸灾乐祸现象，至少在曾经的英国岂不也一样？于是，想到了人性，或人的心性，是全世界都会有着相同或相似之处的吧。

又自反问：鲁迅对中国人是否特别严格了些？又觉得：其一，在阿Q赴刑场这类场面上，当时做着看客的中国人可能特别显得麻木不仁，以至鲁迅不能不发出他的"呐喊"。其二，鲁迅不会不知道这情况在别国也会有的，但这也不成其为无动于衷的理由，于是那书写愤怒的笔也就停不下来。

我们读过《左传》《史记》《三国演义》，其中悲壮是有的，可笑也是多少有的，而像阿Q的刑场上这般看客的麻木，却是没有。

《德伯家的苔丝》写青年女子苔丝的不幸命运，译序介绍说，"十九世纪后期，当时资本主义生产方式侵入英国偏僻落后的农业地区，造成小农经济瓦解，古老秩序破坏，给以农业劳动者为主体的各阶层人们带来了不幸和厄运"。这样的大背景，于是产生了苔丝的悲剧故事。那种"小农经济瓦解，古老秩序破坏……"的时代，我们在茅盾的小说《春蚕》《秋收》之类，还有叶圣陶的《多收了三五斗》中，似也可以看得到一点儿影子。

曾有人说，中国所有的悲剧，与以中国黄土地为生存基础的"黄色文明"有关，中国需要做三百年殖民地，让以海洋文明为基础的"蓝色文明"来加以改造。这可称"心性有二"论，需要人家来殖民我们至少三百年，从而对我们的心性加以重造。我们这篇小文所议到的，却是东西方人本来"心性不二"，就是说，在一定相同或相似社会条件下，东西方人的心性反映是同样的。

李大钊于1924年5月写过一篇题为《人种问题》的文章，说，"欧洲人的世界观，总以为世界完全是白人的，未免言过其实了"。那时，列强瓜分中国，依一些主张中国该被殖民化的人所说，中国人反倒该叫好才是，但偏有李大钊这等人却这样写道：

  我们中华民族，大都以为是老大而衰弱。今天我要问一句，究竟他果是长此老大而衰弱不能重振复兴吗？不的！我们无论如何，都要猛力前进，要在未来民族舞台施展我们的民族特性，要在我们的民族史以及世界史上表扬显着我们的民族精神！

可见，同为中国人，看法上会有很大的不同。

三个"无从"

1934年11月，周作人、俞平伯二人从北平出发，到定县一游，一路火车、骡车，来去四天，回来后写了一篇文章《保定定县之游》。他们看到，当时定县有个平民教育促进会，其工作对象是农民，"平教会知道而且能为农民谋衣食，真真是为世所希有也"，这样做了肯定，后来说，"平教会近来兼管县政，在我外行却觉得这是一累"。在这之前，文章说了一些看似很迂阔的话，"古人说衣食足而后知礼义，凡是真理必浅近平易，然而难实行，……能实行一步者便五百年难遇一人"，至此实已暗中转成批评和担忧，二人毕竟只是学究先生下乡一游，这样委婉一言，已经不免有点儿越位了。

由此一转，又谈到教育，说，"山西会考高小学生，国文题是'明耻教战论'"，于是问道，"算来高小毕业生该是十三四岁，做得出这题目么？"当时山西如此。于是又顺便说道："听说苏州举行什么礼仪作法考查会，70几个小学生在烈日中站上两个钟头，晕倒了50多个，当局者大约以为小学生的头是铁的吧？"当时苏州如此，让人不免联想：正规教育部门的工作是这样，然则"平民教育促进会"将会如何？

作者笔锋一转，扯到"北平近来路边不准摆摊"，但"在我们市民看去则有摊并不怎么野蛮，无摊也不见得就怎么文明"，而"靠这摊为生的却难以生存了。……人称范文正公作宰相只是近人情，仁者人也……"文章看似东拉西扯，却是围绕着教育、民生，从平民教育促进会起头，一路顺流而下。另外，从"衣食足"开始，到山西的考题、苏州小学生礼仪课的考查，到引出"仁者人也"一语，皆涉及圣经贤传的理，说得滴水不漏。

二位学究实地"看了一下农村的情形，得到极大的一个益处，便是觉悟到中国现在有许多事情还无从做起"。这真是无可奈何。俞平伯问村里出产的小米自己够吃么？结果是如同晋惠帝问"何不食肉糜"一样，"据回答说村人……除有客人或什么事情之外，平常只以红薯白菜为食"。询问到村里的医疗，有关人士回答说，全县200多个村，就连巫医以及自称能医者算在内，也是稀有，妇女生育"多由老年妇女帮忙收拾，没有职业产婆"（在另一文《关于分娩》中写道，在定县听说，乡村里初生儿的肚脐用烂泥掩盖就算事，所以婴儿易生破伤风而死）。又问到教育，说，即使学费都不要，书籍用品一律发给，还是有孩子不会来上学，因为家中老小都得分担家里的生产生活上的事情，"六岁的小孩要去摘棉花，四岁的也得要看管两岁的弟妹"，要他们来上学，除非每月发给津贴，如此等等，二位学究不免灰心一片，"中国现在许多事情都无从说起"，甚至觉得"打倒帝国主义、抗日、民族复兴、理工救国、义务教育等等，也都一样的空虚，没有基础，无从下手"。

"无从做起，无从说起，无从下手"，文章专家的周先生笔下不觉这样用词重复起来，止不住一叹再叹。然而似乎这样悲观论调有所不妥，周先生来了一个曲终奏雅，引了一段《孟子·梁惠王》（略），说"我个人的意见虽然落伍，对于农村等问题虽然是不懂，但是我所说的话却是全合于圣经贤传的，这在现今崇圣尊经的时代或者尚非逆耳之言"，于是文章收尾，貌似为自己做掩护，而作为1919年"五四"新文化运动的先驱人物，他其实也是对于圣经贤传能否用来治这民国，实际上做了一个有力的怀疑。

周先生的三个"无从"的悲叹，在中国当时，已经有地方找到"有从"了，只不过还要走好远的路。而若把"无从"变成真的悲观，或鼓吹悲观的论调，那结果会如何呢？答案是：由此产生的问题会很大。

从妇好到三寸金莲

1976年春,河南安阳小屯村西北地发掘一座保存完整的商代王室墓葬。该墓五米多长,约四米宽,七米多深,无墓道,墓上原建有被甲骨卜辞称为"母辛宗"的享堂。这就是妇好墓。该墓出土青铜器、玉器、宝石器、象牙器等文物1928件。刻有铭文的青铜器近200件,有"妇好"或"好"铭文的就有109件。两件大铜钺,一以龙纹为饰,一以虎纹为饰,每件重达八至九公斤,据甲骨文判定此即妇好生前使用的武器。好一位远古的女将军!

根据甲骨文的记载,妇好是商朝武丁之妻(前12世纪左右),曾率领万军抵御前来侵犯的鬼方,大获全胜。她曾北讨土方,东伐夷方,为商王朝拓疆辟土立下汗马功劳。其与巴人一役,武丁自东面攻击,待巴军败退伏击圈,她率伏军杀出,大获全胜。此为战争史上有记载的最早的伏击战。除带兵作战外,妇好还主持过各种类型的祭祀活动,在当时这是国家权力最重要的象征。

这样的女将军,其所率女战士当亦不在少数。由此可以想见古中国妇女曾有过的形象与精神。花木兰、穆桂英、梁红玉等人物,则是后来某时代新的妇好。

据说,女子缠足始于南唐,此时上距妇好2000多年。南唐后宫做金莲一座,高六尺,饰以珍宝,网带璎珞,中作瑞莲,令嫔娘以帛缠足,屈上做新月状,着素袜行舞莲中,回旋有凌云之态。这就是女子缠足之始。这样的女子,当然不成其为妇好式的女英雄。

据研究,北宋上承南唐,缠足之风普及,至视女人天足为丑。明代女子缠足之风更盛,无不以缠足为美。清初禁止女子缠足,认为是汉人陋俗,不久到康熙年间时,又对女子缠足开了禁,缠足复风靡全国,满族妇女亦堕其中,直至民国以后,此风方才渐歇。对于女子的缠足,大略说来,达千年之久,也足以让倘若有知的妇好将军叹息的了。

何以要求女子缠足,其道理何在?大约可从一个外国的例子得到点启发。普列汉诺夫《没有地址的信》谈审美趣味时说到,在西非洲,黑人妇女有穿很小的鞋的,小到脚不能完全穿进去,于是别具步态,被认为极其诱人,据此,则脚小也就比脚大可贵可羡。而贫穷的和劳动的妇女则不能这样,她们的双脚不能使她们具有那种诱人的风情。我们想,这情况倒是与中国南唐以来兴起的缠足之风类似,只不过西非洲那文化还甚初级,远远没有发达到南唐后宫或《金瓶梅》的程度。

缠足之风,曾普及于中国劳动的乡村,我们在鲁迅小说《风波》中能见到其一点形象:"六斤的双丫角,已经变成一支大辫子了;伊虽然新近裹脚,却还能帮同七斤嫂做事,捧着十八个铜钉的饭碗,在土场上一瘸一拐的往来。"由于要参加劳动的缘故,这女孩的缠足,不会进行到底,不能最终形成玲珑的"小脚粽子",而经了扭曲却又并未达至三寸金莲的脚,似乎不伦不类起来而将会遭人讥笑和可怜了。

诸葛大名垂宇宙

东汉末年，刘表这样的封疆大吏，坐拥一方，势同割据，且又兼有汉室后裔的高贵身份，可谓树大根深。当天下纷崩、"黄巾倡乱"，刘表这样的人必然闻风而起要有所作为。当刘备灰心时，孙乾劝他前往荆州依附刘表，认为刘表与刘备同宗，理当接纳刘备到荆州来共同"匡扶社稷"（《三国演义》第三十一回）。

刘备虽是汉景帝之子中山靖王之后，但早已沦为平民，"与母贩履织席为业"。当官府发榜招军时，他便想到"我本汉室宗亲"，理当投身"破贼安民"（第一回）。正因有此一脉，后来汉献帝依《世谱》认刘备为叔，"自此人皆称为刘皇叔"（第二十回）。

当时，"力扶汉室"是一个有力的说辞，王允为杀董卓而劝吕布是这样说，吕布为杀董卓而劝李肃也是这样说（第九回）。

汉朝自刘邦、刘秀两汉以来，已历四百年，"黄巾倡乱"的口号是"苍天已死，黄天当立"，与刘氏汉王朝彻底决裂；而曹操、袁绍一类豪杰起兵的口号是"共扶王室"，与"黄巾贼"正相对立（第五回）。

无论袁曹之类是"真心扶汉"，还是像孙坚那样暗怀"受命于天，既寿永昌"的野心，"力扶汉室"一时总是他们共同的口号。在这一口号下，他们可以暂时联结，又可以各行讨伐。"黄巾贼"在他们共同围剿下覆灭，他们彼此之间就为争夺天下而拼杀起来。在这一争战过程中，"力扶汉室"仍是一个好借口，到自己强大到不必再用这个口号时，也就干脆上演禅让的把戏了，但要走到这一步也不容易，所以曹操自称"魏王"，而拒绝称帝，同时他又自诩"设使国家无有孤，不知当几人称帝，几人称王"（《资治通鉴》卷六十六），这句话里的"国家"，仍是指"汉室"。

由此可见，当"黄巾倡乱"，汉朝天下岌岌可危，刘备想到"我本汉室宗亲"，该投身于"破贼安民"的伟业，是很自然的，比起别人当更具真心实意。

"力扶汉室"是一个最好的借口，正所谓："汉朝倾覆，天下崩坏，豪杰之士，竞希神器"（张俨《述佐篇论》）。所以，当刘备三顾茅庐，诸葛亮很直率地对他说"今操已拥百万之众，挟天子而令诸侯"，你一时还不可能与曹操争锋。至于孙权，上承父兄，"据有江东，已历三世，国险而民附，贤能为之用"，那里一时也是"不可图也"。这一篇《隆中对》，就是给刘备分析：曹操一类豪杰，经过剿灭黄巾而又互相争战之后，已将天下割据为几大块，尚无寸土的刘备当从哪里下手，才有望"霸业可成，汉室可兴"，最终是锁定了荆州与益州这两个有其薄弱环节的目标（第三十八回）。

对于诸葛亮，在当时，要帮刘备成就霸业，固不待言，至于要兴汉室，也是真的吗？或者同样只是挂在嘴上的一句必要的口号？

常璩的《诸葛丞相赞》批评诸葛亮六出祁山的北伐之举，说，"欲以区区之蜀，假已废之命，北吞强魏，抗衡上国，不亦难哉"。孙樵《刻武侯碑阴》认为，虽然诸葛亮对于奄奄一息的汉朝，"收死灰于蜀，欲嘘而再燃之"，是困难的，但能以"西南一隅，与吴魏抗国。提卒数万，绰绰乎去留"，仍是不同寻常的，如果他不死，那么曹魏未必能抵挡得了他的进军。尚驰的《诸葛武侯庙碑铭》说，蜀国的山河之险、沃野之饶富、兵甲的存在、府库的积厚，不因诸葛亮的死而不存在，可是诸葛亮一死，邓艾、钟会轻而易举"灭蜀三十万户，如挠羊群"，刘禅"面缚垒门，身为降虏"，这是"天事"，还是"人事"呢？这些正说明，假如诸葛亮不死，继续"北向争衡"，那么，司马懿未必能抵御得了诸葛亮，中原未必还是曹魏所有。他们都看到，所谓欲兴汉室，关键在于实力与战绩。

吕温《诸葛武侯庙记》高度肯定诸葛亮的了不起，认为其"三顾虽晚，群雄初定，必也彗扫，是资鼎立"，是很不容易的，其"大勋未集，天夺其魄。至诚无忘，炳在日月"。另外，认为诸葛亮不应拘泥兴复汉室的口号。他说，东汉末年，天下糟糕的情况是"在人骨髓"，而诸葛亮"乃欲开兴图，振绝绪，论之以本，临之以忠，使人思汉"，乃"不可得也"。假如诸葛亮出以另一番言辞，对天下说，"我之举也，匪私刘宗，唯活元元"，这才是真正的义声，是遵循了"至公之运"，而死抱兴复汉室之类的口号，就简直是"强人以私"，不能使人心服，所以，六出祁山，"勤而靡获，不亦宜哉"，诸葛亮真是"才有余而见未至"啊。吕温这番话，说得不无道理，但处在诸葛亮当时，怕是不能这样做的，否则，与宣布"苍天已死"的"黄巾贼"有何两样呢？他是至死都必须坚持"兴汉室"的光明口号的，在"曹丕废帝篡炎刘"的情况下，扶刘备在蜀国称帝，以继汉统（第八十回），才是顺理成章。而当东吴孙权也称帝的时候，蜀国有"众议皆谓孙权僭逆，宜绝其盟好"。可见，自认为蜀国继了汉统的还真的大有人在，却是诸葛亮反而主张派人前往作贺，同时提出请孙吴出兵攻魏。可见，诸葛亮对于"以继汉统"的名与实的关系其实很清楚（第九十八回）。

沈迥《武侯庙碑铭》说，诸葛亮在"群雄蝟起，毒蠚九州，天既厌汉，人思代刘"的情况下，虽"遇先主之短促，值曹魏之雄富"，仍"能以区区一州，介在山谷，驱赢卒，辅孱主，衡击中原，撑拒强敌"，是很了不起的，设使"天假之年"的话，难道说不能以汉朝名义重新一统天下，所以，诸葛亮"宜冠今古，倬轶前烈"。

这一切，似本来都在诸葛亮料算之中，《隆中对》中记载的他27岁时在隆中所说的一句"曹操比于袁绍，则名微而众寡，然操遂能克绍，以弱为强者，非惟天时，抑亦人谋也"，早就举出人谋、强弱、天时的关系，他追随刘备之后的一切努力，也就是实践了这句话，尽他的人谋，在"三顾虽晚"的不利情况下，"鞠躬尽力"，取得立足于蜀以争天下的态势，这是史所公认的了不起的成就。

王安石《诸葛武侯》咏得贴切：汉日落西南，中原一星黄。群盗伺昏黑，联翩各飞扬。武侯当此时，龙卧独摧藏。掉头梁甫吟，羞与众争光。邂逅得所从，幅巾起南阳。崎岖巴汉间，屡以弱攻强。晖晖若长庚，孤出照一方。势欲起六龙，东回出扶桑。惜哉沦中路，怨者为悲伤。竖子祖余策，犹能走强梁。

诸葛大名垂宇宙　155

桃花夫人息妫

《红楼梦》写到花袭人嫁蒋玉函,曾引用清代泰州诗人邓汉仪两句诗:"千古艰难唯一死,伤心岂独息夫人。"《辞源》亦载此诗句。息夫人,史称息妫,《东周列国志》第十七回写道:"以其脸似桃花,又曰桃花夫人,今汉阳府城外有桃花洞,上有桃花夫人庙,即息妫也。"杜牧有《题桃花夫人庙》诗一首:"细腰宫里露桃新,脉脉无言几度春。至竟息亡缘底事?可怜金谷坠楼人。"一般对息夫人的了解,大约只有一半,对于那另一半,《左传》《史记》都没有明写,字里行间却有信息。

息夫人故事的上一半比较明确,即《春秋左传》庄公十年与十四年的记载,大意是:蔡侯的妻子与息侯的妻子是姐妹,俱为陈国人。当息妫嫁往息国(位于淮水上游,今有息县),途经蔡国,蔡侯调戏这位小姨。息侯大怒,派人跟楚文王密约,让楚来攻息,息假意求援于蔡,而楚伏击蔡。这条诡计后来实现,蔡侯成了楚囚。

蔡侯为了报复息侯,就把息妫之美告诉楚文王,于是楚文王顺手牵羊把息国灭了,把息夫人带回楚国强迫做了夫人。她虽为楚文王生子二人,却"三年不与楚王言"。有一日楚文王问她为什么要这样?她回答说,我一妇嫁了二夫,却不能死,还有什么可说的呢?此言凄凉无奈,却是刚毅。《左传》记载她这样说,体现着那时中原道德文化如此。楚文王内心有愧起来,于是去打蔡国,要为息夫人出气。

这些记载,对于2700多年后的我们,只是一个梗概,其中值得推敲之处颇多。可以合理分析的是,楚文王上承祖业,向中原进展。淮上诸小国(息、江、黄、弦……)不灭于楚,就灭于中原大国。楚国新兴,中原腐败混乱,楚国多年来是进取的姿态,后来就连陈、蔡、郑这些较大国也屈服于楚。若干年后,息夫人的重孙楚庄王成了春秋一霸,问鼎之轻重于周。息夫人比楚文王活得长些，楚文王在楚国史上占有重要地位，息夫人的重要性不言而喻，只不过历史未有足够记载。楚文王抢到息妫，何以一定要尊她为夫人，并且立她生的儿子做了嗣君，仅仅因为她有美丽的细腰吗？看来并不这样简单。当时的楚国，仰慕中国之政。息妫被抢，是她个人的不幸，但历史却赋予她以一种特殊地位。

关于息夫人，史籍可供的另一半的故事，包括三个内容：第一，楚文王的死，见于《春秋左传》庄公十八、十九年。第二，楚文王的弟弟子元"欲蛊文夫人"。第三，是息夫人的两个儿子自相残杀。

息夫人的大儿子熊艰在位仅五年，其弟熊恽取而代之，为楚成王。《史记》说熊艰要杀弟弟，于是弟弟奔随国，带着随人袭击了熊艰。后来，许多著作涉及这一点时都照录不误。其实，熊艰死时才十二岁，其弟当更小些，我们假定他是十岁，二人之间怎么就那样杀起来了？这里面隐藏着楚国内乱的真相。当时子元作为叔父官居令尹，大权独揽，这小弟兄二人的事定然与他有关，他曾"欲蛊文夫人"并且大大地闹过一场。

《春秋左传》记载子元后来是被楚国大臣们杀死的，接任的令尹子文"自毁其家，以纾楚国之难"，这一笔就追认了楚国的内乱。熊艰之死与子元"欲蛊文夫人"当是有联系的两件事。

楚国内乱的平息，息夫人起了作用没有？其时二子年幼，子元执政，并且有野心和阴谋，她能"三年不与楚王言"那样刚毅，不可能无所作为。史载楚成王即位后，楚国即主动派使赴鲁与周，争取到周王朝的承认，于是"楚地千里"，这是楚国内政外交上的一个大转变，当时息夫人的地位是楚国王太后，不会不起作用。所以，我们可以推断，息夫人对于楚国发展当起过多方面的作用，她是一个了不起的女性。

历来诗人对息夫人的态度失之肤浅，他们或是简单怜悯（王维诗：莫以今时宠，能忘旧日恩。看花满眼泪，不共楚王言），或是言带轻薄（杜牧诗），或是借题发挥（邓汉仪诗），都未涉一个真实的息夫人。涉及息夫人最早的诗篇是屈原的《天问》：为什么楚成王杀兄自立，好名声却更加响亮？屈原上距息夫人三百年，本国历史的这些事情连他也不清楚了，他实际上是对所谓"楚成王杀兄自立"这一历史成说提出了疑问。两千多年前的这条"天问"，我们这篇小文章也许可算一份答卷：为什么"楚成王杀兄自立"好名声却更加响亮呢？一个清醒而刚烈有为的息夫人，当是一种历史的存在。至于年幼的楚王熊艰，他只能是被叔父子元挟持利用，成了这场上层动乱的牺牲品，他绝不会是被年岁更小的弟弟杀死的。

息妫的孙子

"三年不飞，一飞冲天；三年不鸣，一鸣惊人"，是息妫的孙子楚庄王之言。这样的楚庄王，形象性格上似乎具有夸张性，我们一般对这位楚王的认识，仅止于此。

《韩非子·喻老》说，自楚庄王说了那句名言之后，就理起政事来，"所废者十，所起者九，诛大臣五，举处士六，而邦大治。举兵诛齐，败之徐州，胜晋于河雍，合诸侯于宋，遂霸天下"。《吕氏春秋·情欲》说，楚庄王虽然只管周游田猎，国事皆付予其相孙叔敖，其实是一种无为无不为的高妙哲学状态，同时也是做准备的状态。

楚庄王去世后四十年，孔子才出生，老子也差不多是这时候，所以，我们如果说他有儒家思想，那么他比孔子还早些接触和运用了传统的儒家思想；如果说他有道家思想，同样他也只是继承和发挥了先人传下的道家思想。涂又光先生《楚国哲学史》为楚庄王专立一章，以综合哲学或杂学指称他的哲学，论述其中包含了"道家传统、儒家成分、法家成分"。

《左传·宣公十二年》载，邲之战楚胜晋之后，楚庄王提出"止戈为武"，认为"武"字本意有"禁暴、戢兵、保大、定功、安民、和众、丰财"七大内涵。《说文解字》把"止戈为武"举为会意字的典范，一部成书于东汉中期的《说文解字》中提到的君王唯楚庄王一人而已，也可说明他的学术地位了。据说，"武"字甲骨文本意是"挥戈前进"，那么楚庄王是给它来了一个颠倒，可见他富有思想创新。

楚庄王曾受到周定王使臣的慰劳，他问周鼎的大小轻重，使臣说"在德不在鼎"，对他似含"礼"的指教，他反唇相讥说"楚国折钩之喙，足以为九鼎"。一般都说他问鼎就是对天下有野心，形成了"问鼎"一词的特定含义，其实未必是这样。

司马迁在其《太史公自序》写道，"嘉庄王之义，作《楚世家》第十"，称赞庄王之贤，在为数众多的世代楚王序列上，只对这位楚王以其如椽史笔一赞。

小说《八洞天》

《八洞天》由八篇短篇小说组成，作者相传为清代泰州栟茶（今属如东县）徐述夔。

从《八洞天》看，作者儒学功底很深，能将儒家经典烂熟灵活运用到小说中，儒家思想也是他评判生活的理论依据，是小说的主题思想。其《续在原》《正交情》篇反映着封建社会里小店主的生活和经商情况，还反映着房产的买卖情况；《明家训》篇反映着儒学教育的情况，有如一篇小小的《儒林外史》；《劝匪躬》篇以宋金对峙为背景，小说一方面以宋为正统，另一方面也将金国称为北朝。这些都为考证《八洞天》作者思想提供着依据。

徐述夔所著书目，除有《一柱楼编年诗》等八本诗集外，另有《学庸讲义》《论语摘要》等书，做的是儒家学问。他中过举，与大诗人沈德潜结为好友，他死后沈德潜为他写传，称他"文章品行皆可法"，这些，说明他的学养范围正适合作《八洞天》这样的小说。

徐述夔家里累代经商，富有财力，他的不少著作在其生前刻印问世。他从小生活在经商的家庭，同时也有田产，后来闲居家中数十年，一方面自己做学问，一方面教授学生。这种丰富的社会生活经验，也正适合作《八洞天》小说。

徐述夔的试卷在礼部的磨勘复查中被认为有所谓疵句，他被取消了功名，其思想的矛盾，正与小说《劝匪躬》篇中反映出的一致。

有意思的是，其《明家训》篇写道："秋间去应了乡试，以为必中，但第三篇内有一险句碍眼，房师因此取其在末卷，而大主考看到此句竟不肯中他，欲取笔涂抹，忽若有人拿住了笔，耳中如闻神语说，此人仁孝传家，不可不中，主考惊异，就批中了。"这个情节在小说中并无必要性，这个闲笔可视为徐述夔的申白。在徐述夔之前，清代已经兴过几次文字狱，《劝匪躬》中写到过金朝的文字狱，似可视为徐述夔生前的一种不祥预感，那小人说"此诗是李真的罪案，我把去出首，足可报我之恨"云云，徐述夔身后确实因此全家罹难。

体例相同的《五色石》八篇，也有一种说法认为是徐述夔所作。今观其中的《白钩仙》篇，也写到"磨勘试卷"的事情，也是被污蔑为"第三场试策"中有问题，而《虎豹变》篇对做生意以及市场价格涨落写得十分内行，这两条似也都在徐述夔所具备的知识之内。《五色石》表现出的作者的学问文章功力，也与《八洞天》一样具有相当高的水平。

对于徐述夔是这两部小说的作者，本文从小说本身简列出这些来，作为支持性意见。

这两部小说，主旨不过是从儒家道统出发劝人劝世，不免有着庸俗趣味，比如，一个才子，作者总得让他娶到两个以至三个佳人不可，又总得让他最终得官不可，但尽管如此，小说具有相当高的结构能力，工于奇巧，往往先从反面着笔，一番曲折之后终能得到圆满结局，于是就从这曲折故事中展现出社会生活的种种。

《兴化历代名人》一书说，王国栋曾有《秋吟阁诗抄》一本，是徐述夔作序，因而被查禁销毁。"徐述夔诗案"查到兴化，是清乾隆四十三年（1778）十一月，王国栋已逝世，其后人将家中珍藏的先人著作以及底版都交官，"避祸自首"。乾隆四十六年（1781）三月，王国栋的父亲王仲儒也如徐述夔一般被开棺戮尸，可能是从他的遗著中发现了对清朝不恭的内容。郑板桥文集的后印本、仿刻本、翻刻本中，都有铲版现象，其中原版有"《七歌》第七首自注'王国栋'三字铲去"，可见，这也是徐述夔诗案的余波。郑板桥是乾隆元年（1736）的进士，徐述夔是乾隆三年（1738）的举人，郑板桥年长徐述夔10岁以上，因为同学好友王国栋的关系，郑板桥至少是晓得徐述夔这个人的。徐述夔诗案发生时，郑板桥已去世13年，板桥集的铲版现象当是后人所为。

"绅士"与"德性"

提到"绅士"一词，我们不由得认为它是将"士绅"二字颠倒，于是就带了西洋味儿。一般认为英国男子最具"绅士风度"。有解释的："绅士风度是西方国家公众，特别是英国男性公众所崇尚的基本礼仪规范。要求在公众交往中注意自己的仪容举止，风姿优雅，能给人留下彬彬有礼和富有教养的印象。"比如，男士对女士的态度就有八条要求：您应该先向所遇到的熟悉的女士微微点头打招呼。如果某位女士向您走来，请您记住，如果她主动伸出手，您才能与她握手，等等。

若衡以中国古书，我们会想到《中庸》上的话："君子尊德性……"郑玄注解说："德性，性至诚者也。"这个要求比那绅士风度的八条要求之类高得多，是从德性上，从内在真情上要求的，"喜怒哀乐之未发，谓之中；发而皆中节，谓之和"。由这些可见中国传统士绅的风度。这种美好风度的具体事例，《论语·乡党》篇以孔子的言行举止来说明，比如："朝，与下大夫言，侃侃如也；与上大夫言，訚訚如也。君在，踧踖如也，与与如也。"孔子以很多"如也，如也"表示了他的"诚"，后来却难免"巧伪人"之讥。有趣的是，所谓西方的绅士风度，也难免遭讥，予以"伪"的评价，在西方的文学作品中大有表现，比如莫里哀的喜剧《伪君子》、莫泊桑的小说《漂亮朋友》。

"英国原始历史学派，仍然竭力闭口不提摩尔根的发现在原始历史观中所引起的革命，但同时却丝毫不客气地把摩尔根所得的成果，掠为己有。而在其他国家，也间或有人非常热衷于仿效英国的这一榜样。……摩尔根的发现，如今也为英国所有的原始社会历史学家所承认，或者更确切地说，所剽窃了。但是我们在他们之中几乎找不出一个人肯公开承认这一观点上的革命应归功于摩尔根。《古代社会》的第一版已经脱销，……在英国，这本书显然受到千方百计的抵制；这本划时代的著作的唯一还在出售的版本，就是德文译本。"

（恩格斯《家庭、私有制和国家的起源》第四版序言）这段文字指出的是一种很不绅士的情况。英国作家萨克雷的小说《名利场》描写了"十足绅士气派"的一些人及其"唯势是趋，唯利是图的抢夺欺骗的世界"（译本序），英国剧作家萧伯纳所作《华伦夫人的职业》，对"财富与体面"的揭露也锋芒可畏。

似也不应对绅士风度一概不信任，如果要说一句较为平稳的话，应当说，虚伪做作的绅士风度要不得，真诚自然的绅士风度该肯定，在需要彬彬有礼的场合，总不能随随便便，所以，在某些国家或地区发生的议会中的老拳相加，成了全球电视观众的笑料。

这样看来，中国古代儒学提倡的一个"诚"字，虽然几千年来人类做到的程度很不足观，相反的情况却写满历史，但这个"诚"字的提出，却是好的，"诚者，天之道也。诚之者，人之道也……诚之者，择善而固执之者也"。（《中庸》）它确实是对人类提出了精神方面好的要求，向着这个要求去做，"风度"之美也就自然而然不在话下。

中国古代思想家，对于精神与物质的关系，对于经济条件对于人类在精神上成长的影响，并不是没有思考，《管子》说，"国多财则远者来，地辟举则民留处，仓廪实则知礼节，衣食足则知荣辱"，所言之道理是颠扑不破的。

颜之推·李大钊·赫尔岑

一

题目上的这三位,一个是中国南北朝至隋初人,生当公元6世纪,以官僚士大夫而寿终;一个是20世纪初的人,中国共产主义运动的先驱者,于1927年4月被军阀杀害;一个是沙皇俄国时代的思想家,于1870年在巴黎去世。三人有如夜幕上三颗星宿,在各自的位置上闪耀着。思想的不同,将人们区别开来;思想的相似,将人们联系起来。颜之推有《颜氏家训》一册,李大钊有《李大钊文集》两本,又《选集》一本,赫尔岑有三十卷《全集》。人虽远逝,思想在书,可据以作某种比较。

颜之推作为中国封建社会一个在朝为官的人,属于士大夫阶层,他思想的主要成分是儒家思想,《颜氏家训》开篇即言:"夫圣贤之书,教人诚孝,慎言检迹,立身扬名,亦已备矣。"这就表明他的思想所取是儒家的入世有为,以孝立本,以慎言、检迹忠君事国。短短数言,可称全书纲领,而后展开作为一个人,作为一个士大夫,怎样为人父、为人子、为人夫、为人臣的方方面面,也就是如何修身、齐家、治国、平天下。在个人持身方面要注意"省事(减少爱好)、止足(不要贪心)、养生(追求长寿)",有宁可庸常,以求安逸生存,规避人世之意。时人对佛教颇有争议,他认为佛教与儒教相通而有补益之处,不必拒斥。《颜氏家训》中有对于诗文的看法,他举出三十多个著名文人,评判他们操行品德皆不合格:"自古文人,多陷轻薄。屈原露才扬己,显暴君过;宋玉体貌容冶,见遇俳优;东方曼倩,滑稽不雅;司马长卿,窃赀无操;……李陵降辱夷虏;刘歆反覆莽世;傅毅党附权门;班固盗窃父史;赵元叔抗疎过度;冯敬通浮华擯压;马季长佞媚获诮;蔡伯喈同恶受诛；吴质诋忤乡里，曹植悖慢犯法……"这种评论体现出彻底的儒家正统立场，他是将之作为家训，提出来教育子弟后生如何处世做人的。千百年后的《儒林外史》里的人物，可称是那些不良品性的集其大成以及等而下之的某种情况。

二

李大钊被军阀杀害时不足38周岁，其27岁时的长文《民彝与政治》所论，与颜之推有相通之处在于所考虑者皆有关"人心、天下"，只不过时代不同，而所见不同所言有异。"民彝何为而作也？大盗窃国，予智自雄，凭借政治之枢机，戕贼风俗之大本。"这开头一句，拈出"民、国"二者的关系，国是为民的，却因大盗的政治而使这关系发生了问题。这样不同凡响开篇之后，就详考"彝"字的本义，为器，为常，为法。那么"民之秉彝"是什么？是意念自由，而同时"其活动之范围，不至轶越乎本分，而加妨碍于他人之自由以上"。归根到底，"民彝者，凡事真理之权衡也"。这些话在我们今天听来，该是很好理解的了。他举出释迦牟尼、耶稣、孔子，认为"释迦生而印度亡，耶稣生而犹太灭，孔子生而吾华衰"。原因在于，"膜拜释、耶、孔子而外，不复知尚有国民之新使命"。这些话，我们今天听来，也该是很好理解的了。他指出中国一向存在"学以造乡愿，政以蓄大盗，大盗与乡愿交为狼狈，深为盘结，而民命且不堪矣"这样的大问题。但是，归根到底，民彝决不会为这些所惧、所惑，而是有着自己的坚强和智慧。此文作于1916年5月，充满对旧的专制时代的批判和对新的民主时代的呼唤，隐含预警与担忧，后来的民国果然有了一段时期的军阀混战。颜之推所作是写给他的子孙后代的，称为"家训"；而李大钊此文是写给天下人的，既题为《民彝与政治》，则可以视为一篇"政训"。

三

英国以赛亚·伯林著《俄国思想家》一书,其中勾画出赫尔岑是个人绝对自由主义者,是反对任何组织性的无政府主义者,是自大狂同时又是历史虚无主义者,其既厌恶旧世界又对人民革命满怀恐惧,如此等等。比如,"为国家牺牲自己,无疑是高贵的,但是,与国家并存岂不更美。赫尔岑论历史,大致如此"。又比如,什么主义不主义,"一切这类关键问题,与个人自由的问题相较,都黯然失色"。再比如,"任何社会,使一方可能施辱,另一方可能受辱,他都断然谴责……只要还有一个纯洁无辜的儿童受苦,即使由此换得永恒幸福,也摈斥不取"。如此等等,似反映出良知在某种混沌动荡世界面前所做的紧张思考,其中大有正确而可贵的成分,又有混乱而空想的成分,然而其思想的贡献却也就尽在其中。伯林的书自有他的写作计划,其对于赫尔岑的介绍不能算全面,比如列宁曾评论过赫尔岑思想上的错误与弱点,同时又认为,赫尔岑发表的是"自由的俄罗斯言论",认为赫尔岑是"举起伟大旗帜来反对沙皇专制制度的第一人",是"在俄国革命的准备上起了伟大作用的作家",其《纪念赫尔岑》一文论述甚详。

这样,我们可以把赫尔岑与颜之推、李大钊放在一起来看,赫尔岑所考虑的范围,也不外是"人心、天下",或"人与天下",然而,他们所不同者,在于时代与文化,颜之推在他的时代已属较为通达,然而作为公元6世纪的封建士大夫,其格局之保守与封闭十分显然。李大钊与赫尔岑相比,在主张人的自由方面是一致的,而一个已显政治家的踏实、有为、风度,一个则多半还在思想的天空中漫游。

日本电影《母亲》

看日本电影《母亲》,很得收获。这部电影展示的是第二次世界大战期间其国内一户平民的生活。男人(野上滋)是研究德国文学的教授,大约四十岁,因为不赞成这场侵略战争,他的学术著作被拒出版,警方以行政拘留为名,凌晨闯进他家中搜查,并且将他逮捕而去。尽管他的岳父曾是警界人士,他的学生也做着检察官,但都帮不上忙,而且对他的反战是不同情的。他不肯悔过,因而也就不能获释,于是就在恶劣的单人牢房里受着煎熬。他的妻子(野上佳代),作为两个孩子的母亲,不得不去担任代课教师以维持家中的生活,还要小心翼翼应付社会上的活动。这期间,她的父亲、她的哥哥也来看望过她们,父亲是没有好声气,最后竟然提出让她与野上滋离婚,这遭到她的拒绝。哥哥是个粗人,以自己挣钱买了一只金戒指为荣,尽管是好心地来安慰他们的,却反而有点儿添乱,他离开时留下自己心爱的金戒指给妹妹贴补家用。丈夫的妹妹常来她们家中帮忙做点儿事,给了她们不少的安慰,但她的家在广岛,最后她还是回去了。丈夫的一个学生(山崎君)十分热心地来帮助这一家人,这个因为听力差而不合格当兵的青年,后来因兵源不足也被征兵开往中国去作战。日本战败之后,他和许多日本士兵归来所乘的海船被美军炸沉,他的年轻生命也就随之终结在大洋中。教授的结局是惨死狱中,他在广岛的妹妹死于美军的原子弹。野上佳代带着两个小女孩(初子、照美),就在这样的生活中挣扎。多年以后,这位母亲病中弥留之际,大女儿为了让母亲临终时能得到某种安慰,在她耳边说,你到那边就可以见到爸爸、姑姑,还有山崎君他们了,但女儿从母亲的微弱之声中得到的回答却令她万分吃惊:"不想在那个世界见面!"弥留之际的野上佳代这个回答,是这部电影的点睛之笔,说明着日本人民对于日本军国主义政府发动侵略战争而给国内人民带来深重灾难的控诉和批判。一个知识分子因反对日本军国主义政府发动侵略战争而遭逮捕，并且因为决不低头认罪而被折磨死于狱中。日本创价学会第一任会长牧口常三郎就是这样一个了不起的人物，不过我们不知道创作《母亲》这部电影的作者是不是以牧口先生的事迹为基础创作的，或许只是巧合，因为这样的事情当时在日本一定非止一桩。

　　《母亲》这部电影，一如我所见到的别的日本电影一样，在方法和风格上是很严谨的写实主义的，即按照生活本来的样子表现生活，有着很朴实、很厚重的文学性。那些在军国主义思想影响下的狂热分子，以非常可怕的热情和劲头在大街上作他们的宣传，粗暴地对待路人，比如，野上佳代的哥哥这个粗人，只因一言半语就差点儿被当作非国民遭抓捕，他手上的金戒指也差点被拿去强"捐"给国家支持战争，这也促使他后来干脆从手指上除下来给他困难中的妹妹贴补家用。正因为是写实主义的，这部电影让我们见到了底层的日本老百姓和他们的生活，电影中的政治性故事完全在野上佳代一家人的平凡生活中演绎，可靠地重现了那时日本普通社会生活之一角，那电影技巧也显得无技巧，因为技巧完全融进了生活的镜头，已经如盐在水。

司马迁，懂经济

司马迁在《史记·货殖列传》说：

……耳目欲极声色之好，口欲穷刍豢之味，身安逸乐，而心夸矜势能之荣。使俗之渐民久矣，虽户说以眇论，终不能化。

他认为，世俗是生活的、物质的、享受的、逸乐的，慕荣华而愿富贵，如此已经很久很久："神农以前，吾不知已，至若《诗》《书》所述虞、夏以来"，就是这样的了。

故善者因之，其次利道之，其次教诲之，其次整齐之，最下者与之争。

司马迁上承其父司马谈，推崇道家思想，他以自然存在的社会经济景象，为他所主张的道家体系的自然经济观作证明，他粗列了山西、山东，南方、北方的出产之后，说：

……此其大较也。皆中国人民所喜好，谣俗被服饮食奉生送死之具也。故待农而食之，虞而出之，工而成之，商而通之。此宁有政教发征期会哉？人各任其能，竭其力，以得所欲。故物贱之征贵，贵之征贱，各劝其业，乐其事，若水之趋下，日夜无休时，不召而自来，不求而民出之。岂非道之所符，而自然之验邪？

司马迁认为对待社会经济活动，首要一条是顺其自然。这一自然经济观，其积极的意义是尊重地理、分工这些自然规律，进一步地从中也能引出尊重

"看不见的手"即完全市场经济的主张，在经济相对简单狭小的古代社会，这也许是够用的，所以概括有"自给自足的自然经济"之共识；若在今日，是否能完全听从看不见的手，则有不同看法。

司马迁看出世有贫富，人皆逐利，"天下熙熙，皆为利来；天下攘攘，皆为利往"，千乘之主，万家之侯，百室之君，尚犹患贫，何况是普通编户之民呢？他赞成管子所说"仓廪实而知礼节，衣食足而知荣辱"。经济，是秩序、道德、文化的基础。

贫与富，若排除社会因素，仅从自然形成的角度看，则不存在予夺，关键在于巧拙，"巧者有余而拙者不足"。巧者就是能因地制宜，化不利条件为有利因素。他举出姜太公为例，说，姜太公的封地在营丘一带，是海边盐碱地，人口少，较穷，姜太公的措施，一是"劝其女功，极技巧"，大约是种植棉麻或养蚕，并且加工出好的纺织品，二是"通鱼盐"，发展海洋捕捞业与盐业。姜太公这样把经济发展起来，吸引了越来越多的人口，齐国成了"冠带衣履"天下闻名的地方。后来齐国曾一度衰退，但管子执政以后，上承姜太公的传统，又让齐国富强起来，以至于曾为春秋一霸。

司马迁说，越王勾践能使越国富强，与计然其人看出了当时的一些生产和经济的规律有关，比如，天象与农业水旱丰歉的关系，要早作预测，农业有"六岁穰，六岁旱，十二岁一大饥"的现象，也要早备措施，还要有"旱则资舟，水则资车"的策略。谷贱伤农，谷贵病商，都不好，要调节在适当水平上，比如价格"上不过八十，下不减三十"，这样达到农商俱利，令货币"行如流水"，经济自当繁荣。总之，要有一系列经济措施。司马迁没有说用这些智力，就不符合他的"自然经济观"，他并不排斥依据规律对生产和经济有所掌控，他既承认"看不见的手"，又承认"看得见的手"，他可算是古代具有某种"科学发展观"的人。

计然的上级兼好友范蠡辅佐越王勾践搞垮吴国，称霸诸侯，就考虑退隐，说，计然给越王讲了七条经济措施，越王只用了五条，就大获成功，那是用于国，现在我何不用于自己？于是辞官，改名更姓，居于陶，自号朱公，致力于经济，成了富人，"十九年之中三致千金"，将这些钱分给"贫交、疏昆弟"，就连平时关系较远的人也分到了。司马迁说，"此所谓富好行其德者也"。后来范公年老，经济活动交给子孙，都发展得不错，皆有巨万之富。

司马迁说，孔子的七十子之徒当中，最会致富的，是子贡，他的商队"结驷连骑"，往来天下，诸侯国君无不隆重接待。"使孔子名扬于天下者，子贡先后之也，此所谓得势而益彰者乎？"就是说，孔子的扬名天下，也得益于子贡经济上的支持。从事于政治、文化、教育这些事情，经济实力的支持是一个必要条件。子贡在孔门读书时学的是言语科，却这样会致富，今天文科的师生们也许会有点惊讶和艳羡呢。

有一个与计然的智慧相似的人，叫白圭，他从事商业活动善于"人弃我取，人取我弃"，他也善于观天象预见水旱歉丰，以此作为投资的决策依据。此外，他"能薄饮食，忍嗜欲，节衣服，与用事僮仆同苦乐"。他从事商业活动，如"伊尹、吕尚之谋，孙吴用兵，商鞅行法"，并说，谁想跟他学习经商，如果"勇不足以决断，仁不能以取予，强不能有所守"，他是不会收其为徒的。就这样，白圭被人们奉为善于做生意的鼻祖。

司马迁考察了中华各地的风土人情物产之后说，朝廷已有贤人在位，那么天下别的有德有才的人归宿在何处呢？他说，有出路的，可以"归于富厚"。

司马迁说，"富者，人之情性，所不学而俱欲者也"。也有不正当致富的，如拦路劫抢、掘坟墓、做假钞。

司马迁计算了一下，认为，如果有马五十匹，或有牛百六十头，或有羊五百只，或有猪二百五十只，或有产鱼千石的鱼塘，或有渭川千亩竹，或有齐鲁千亩桑麻，或有蜀汉千树枣，或有带郭千亩良田，富厚即相当于千户侯。人没有钱，只好出卖力气；钱少，就要多用智慧；钱多，就会"争时"，也就是参与商战。

"本富为上，末富次之，奸富最下。"本富，就是有爵有封之人，为官做吏；末富，就是从事生产和经商；奸富，就是钱财来路不正。总之，天下之人无不需要依靠着一定的经济收入而生存。如果不是真正的奇士高人,"长贫贱,好语仁义,亦足羞也"。

司马迁看到,人与人的某些关系由财富决定,"富相什则卑下之,伯则畏惮之,千则役,万则仆,物之理也"。至于求富的手段,则"农不如工,工不如商"。蜀之卓氏,以炼铁致富;齐之刁氏,以逐鱼盐之利富;周之师氏,以贩谷富;任氏以囤积居奇富;还有一个叫桥姚的人,富有政治头脑,长安列侯封君应征打仗,跟别人借不到钱,他却敢于放贷,平乱之后,获得了十倍之利,富上加富。这些富人,一没有爵邑俸禄,二没有弄法犯法,他们是"与时俯仰"而获赢利的,相较于爵邑俸禄致富的"本富",司马迁将事工经商的致富,称之为"巧",称之为"用奇",称之为"末富",不是最上等的路,这体现着一种官本位思想。所以,他总结成功之士的经验是,"以末致财,用本守之,以武一切,用文持之",也算是"变化有概,故足术也"了。他还认为,哪怕是卖浆小业,磨刀小技,只要专心一意,也能致富。所以货无一定之主,富无一定之路,"能者辐辏,不肖者瓦解",各人自己努力去吧,"千金之家比一都之君,巨万者乃与王者同乐",前景总是诱人的。

安葬颜渊的风波

有一件确实的事,它记载在《论语·先进》中,说是颜渊死了,孔子大悲伤:"啊呀,这是老天爷要灭我呀!"颜渊最得孔子之学的精髓并且能够在贫困中坚定不移,在继承孔子学说和事业方面,不言而喻颜渊是最好或最有希望的,颜渊殁,孔子伤心到这程度很可理解。

颜渊之父向孔子提出一个请求,要孔子卖掉他的车为颜渊做个椁。这要求在我们现在听来甚觉意外,或感到唐突冒昧,怎么要求老师卖了他的车,来用于你儿子的安葬?但想来当时在孔门里(颜渊之父颜路,也是孔门弟子)大约是可以这样说话的,并不是出于为父的私心,而是超越了这私心,显示着不平凡的公心的吧,如果这样看,那么这一建议也可理解。

孔子回答说:"无论儿子才能如何,人都爱自己的儿子。我的儿子孔鲤死了,也是有棺无椁,我没有卖了车去为他做椁。我在鲁国是做过大夫的人,我出门必须用车而不可以步行。"这话听起来生硬,却说明:孔子坚持礼的原则。

孔子对颜渊之父颜路的回答,没见有弟子们有不同意见。但弟子们仍要设法让颜渊葬得厚重些,孔子仍说不可。孔子为何那样坚持呢?只是因为颜渊是一介穷儒,照礼的规定是不可以厚葬的,哪怕有这方面的财力也不行。

弟子们最终仍照他们坚持的那样做了。

孔子于是感叹说,颜渊生前视我如父,但是他死了我却未能做到视他如子。这句费解的话是说,我儿子孔鲤死了,我是严格按礼的规定薄葬他的,而颜渊死了,我却没有能坚持住礼的规定,弟子们违礼厚葬了他,若颜渊地下有知,会埋怨我没有坚持得住而使他违礼了,这比起孔鲤,岂不是没有视他如子吗?孔子的真诚我们是不能怀疑的,弟子们这样记载而编进了《论语》,其意也只是说明孔子的礼的原则性。

这些情况记载在《论语》中，因古来文字的简洁，读来会误以为孔子小气或死板，其实孔子是守礼，这是一种公心，而不是私心。

　　《论语》全书最后所记孔子的一句话，就有"不知礼，无以立"这六个字。而在《论语·颜渊》篇，记载着"颜渊问仁，子曰，克己复礼为仁。一日克己复礼，天下归仁焉"。可见，孔子视"礼"无比重要，一定要一丝不苟地坚守，但孔子在处理颜渊的安葬这件事上，竟没有能阻挡得住弟子们越礼，可见，克己复礼这件大业多么艰难，人们往往会摒弃它而感情用事。

　　钱穆《孔子传》认为，当众人合力厚葬颜渊，孔子"亦非谓门人必不该有此举"，"既出群力经营，其事亦自不宜过于从薄……"钱先生此说，孔子是不能同意的。

　　《论语》之所以在《先进》篇详记颜渊安葬一事的前前后后与孔子的态度，就是为了具体而典型地说明孔子平时如何在礼制上不马虎，这就是他的仁学原则。其记述虽简略，却并未省略关键性情节，它记录了每个关键时刻孔子的态度。

　　《论语》写得有点像客观叙事的小说，它精要记下具体情况，其中含义由读者去体会，这就叫微言大义吧！有的写得深奥的小说在不同评论家那里会有不同理解，而以上这段《论语》写得并不深奥，孔子的态度明朗，但我们读了，仍会误认为孔子小气，也会误认为孔子死板，还会认为孔子虚伪，钱先生则似认为孔子随和。从孔子"克己复礼为仁"的原则上来看，只应理解为他只是要求守礼。

安葬颜渊的风波　175

柳宗元的"公、私"之论

柳宗元说,"公天下之端自秦始"。那么,二世而亡的暴秦,有这样崇高的历史地位么?柳宗元的理由是:多年以前,天下三千诸侯叛夏归殷,夏朝就终结了,殷朝因此就得承认这些支持它得天下的三千诸侯。在后来的漫长岁月里,三千诸侯兼并为八百,他们叛殷归周,周就这样战胜了殷,周朝因此也不能废掉这八百诸侯。一切"徇之以为安,仍之以为俗"。柳宗元说,殷周天下的这种封建诸侯制,"非公之大者也,私力于己也,私其卫于子孙也",是建立在一个"私"字上的。

柳宗元以"公、私"二字衡量历史,理论根据该是古儒"大道之行也,天下为公"的说法,后儒的注释是:"不以天下之大,私其子孙,……但有贤能可选,即授之矣。当时之人,所讲习者诚信,所修为者和睦。"所以呈现"人不独亲其亲,不独子其子,……谋闭而不兴,盗窃乱贼而不作,故外户而不闭"的大同之世景象。私天下则反之,是这样:"今大道既隐,天下为家……大人世及以为礼,城郭沟池以为固,礼义以为纪,以正君臣,以笃父子……而兵由此起,禹汤文武成王周公,由此而选也……"

柳宗元说,人之初的时候,与草木禽兽为伍,其中"智而明"的人,就成为人群的头领,人群相对稳定地占有或大或小的地盘,渐有他们各自的"兵、刑、政、德"之类,而群与群之间常有争斗兼并,最后大家都听命于"德"最大的,于是"天下会于一",这就是夏、殷、周与天下封建诸侯制的由来与实质,天下是既一统又分封的,而这一切,"非圣人意也,势也",是形势自然而然的产物。

从"大道之行,天下为公",到"大道既隐,天下为家",是从公到私,是德的退化。柳宗元说,尧、舜、禹、汤那些年代的事,较远,说不清,但从它们而来的周朝的事是很清楚的,周朝将天下大小诸侯分为五等(主要分封给同姓），星罗棋布于天下，而以周天子为拱极。后来，诸侯兼并之战不断，周天子渐失权威，天下争雄。这样，封建诸侯制及其战乱，终于完全不得人心。秦一统天下，行的是郡县制。所以柳宗元说，秦王称帝之情是私的，而以郡县制一统天下却是公的。

国置郡县，在秦以前并非没有，比如春秋时代的楚国灭了江淮一线小国就置为县，但到秦始皇"分天下为三十六郡，郡置守、尉、监"，则扫尽夏商周以来的诸侯分封制，因此可以说"公天下自秦始"。汉初仍走了一段分封制的弯路，但郡县制在历史上终于站立至今。

《吕氏春秋》之《孟春纪》写道"天下非一人之天下也，天下之天下也"，这是针对着东方六国的世主而言的，因为天下诸侯千百年来一直都以他那个地盘为私有。于是，向天下进军的秦军，《吕氏春秋》中是称其为义兵的，也就是说，征讨六国统一天下的秦军是"正义之师"。《孟春纪》这句话，也说明它写作在秦统一天下的雄伟进军声中。

过亳州

西北去，
高速路如川。
大地中原麦收尽，
古来争战烟消散，
涡水几回还。
——途中口占

一

亳州在安徽，是曹操的家乡。东汉末年，曹操起兵争雄，后称魏王而雄视天下，功业赫赫。

安徽东邻江苏，在很多北方的或南方的人看来，江苏人、安徽人，该是差不多的。既到亳州，不免想看看那里为何会产生曹操这样的人物。比如，到过绍兴之后，对于绍兴的历史文化性格，就会有点儿感受。大禹、越王、秋瑾，这些人物，分明地指示着一种顶天立地、顽强不屈的精神，加上王羲之、陆游、徐青藤这些响当当的名字，不由得就让我们感到鲁迅与这些先贤是有点儿联系的。

从鹿邑县前往亳州，先是见到了两回老子。

鹿邑县在举世闻名的太清宫前为老子建了一个很大的广场。当我们从远处经由牌坊走向老子广场时，目光一度被白石桥遮断，这一遮断让人拾级而上时首先看到的只能是远处老子塑像的头部，其在苍茫云表之上，那沉思冥想的表情、那种崇高感，给人以思想的震撼。渐渐是全部都看到了，多么高大的一座老子全身塑像，目光深沉遥望着远方，广场四周十分广大而空荡荡的，更衬托了一位伟大的孤独者。这空荡荡的大广场，与那座白石桥一样，称得上是了不起的设计。老子在沉思冥想，人们站在下面仰望，一直仰望到他那深沉的表情。我们愿意在这大广场上留到深夜来陪伴孤独的老子，只因这是不现实的，只得依依不舍地离开了。

对于鹿邑与亳州的关系，我们不知道，到了亳州，见到又一座老子塑像，这才意识到这两地有着某种联系。在亳州见到的老子塑像，是在一个庙里，庙不大，稍旧，并不富丽堂皇，在城里街边一条巷里，称为中宫庙。其中老子塑像与现代的作品迥然不同，但也不是一般的菩萨像，而是相当生活化的。这不是冥思苦想中的老子，而是处于世俗之中，目光与你交流，神情和睦，很平易的一位老工匠似的人物。注视良久之后，我们心中认可：这也是老子。

此庙又称老祖殿，这条街就叫老子殿街，这条巷叫问礼巷，展现着孔子问礼于老子的事。唐高宗于乾封元年"至亳州，谒老君庙"，大约就是这里了，但不知现在可有争议。据云，宋时，涡水之滨有三个老子庙：鹿邑的上清宫、亳州的道德中宫、涡阳的下清宫。颇具一种形势。

亳州这个老子中宫庙里，有些奇怪之处，山门之后，敬奉的是人祖，后殿才是敬奉老子的。又东院三间敬奉鲁班，门额上"紫气东来"四字；西院三间敬奉财神，门额上"青牛西渡"四字，这都是道气十足的。人祖、老子、鲁班、财神这些形象何以列在一起，要能说清楚，却也不易，或者就不必说。后来在花戏楼景点也看到供奉人祖，甚至还有火神。这类敬祀，在并不算远的扬州及其以东一带，还没见过。亳州，春秋时由陈国而纳入楚国地盘，楚文化方面较苏中地区似应浸润得深些。

鹿邑县这样介绍自己：鹿邑县是古代思想家、哲学家、道家学派创始人老子的故里。历史上，鹿邑属过亳州，说老子是亳州人，与说老子是鹿邑人，并不矛盾。

亳州的历史沿革中，有说亳州是"成汤为诸侯时居地"，有说"成汤建都于此"，以及"成汤陵墓在此"。总之，亳州历史是很古老的。

《史记·老子韩非列传》载,"老子者,楚苦县厉乡曲仁里人也"。涂又光在《楚国哲学史》写道,这"不仅写明是楚人,而且详及县名,乡名,里名",这在《史记》中仅孔子有这待遇,并且老子比孔子还多记了里名。涂又光据《水经注》,论证了"今鹿邑县城东十里"之太清宫,即为老子故里标志。

鹿邑太清宫里也有一个老子,坐在屋里,老者模样,黄衣富贵,却最为平常。

二

在亳州,看过了老子中宫庙,当地一位热心老汉说,华佗庙有看头,花戏楼有看头,却没有提到关于曹操的景点,只好暂且搁置这个,先去看不远处的华佗庙。

华佗的有名,对于我们,很大程度上与读过《三国演义》有关,知道他是神医,他是被多疑的曹操害死的,到了亳州,方知他二人都出自这里,一时颇觉天地小。

《三国演义》里有关华佗的情节,在书里记过两回,一回是他为关云长刮骨疗毒,一回是他为曹操医头疼病,华佗既被曹操害死,接着曹操也就死了。而史书《三国志》却为华佗写了几千字,记载了十多条他医好病人的生动事例。他确实是被曹操害死的,却并无为关羽刮骨疗毒之说,他的医书也不是狱吏之妻烧掉的,而是狱吏不敢接受,他自己付之一炬的。总之,史书记载与小说情节有所不同。

民间称此处为华佗庙,而正式名字却是华祖庵,这个"祖"字,该是站在学医者的角度说的。全国有华佗庙的地方不少,而华祖庵可能仅此一家。

刚到华祖庵门前时,真感到平平,那样旧而小的门面,一座旧庙而已吧。也就如此很平淡地进了山门,一间很普通的屋子,里面什么也没有,双脚几步也就跨到一个天井里,然而地方却大了起来,因为除了眼前的一个不大的旧殿，左右还有两个小院，并且旧殿两边各有道路通到后面去，这就让人预期着一种丰富了。

华祖庵里诚然是有点儿丰富的：作为这位伟大医生的纪念馆，这里似乎并没有去详细陈列与描写他的生平事迹，而是这里一间屋，那里一个殿，分别地点击了一下他的伟大，这就不断地给人以敬仰之感，达到了一种永远缅怀的纪念效果。同行的一位先生说，其实并没有具体看到什么东西，却觉得满足了。这效果大约并不是预先设计的。

从前殿旁边道路向后去，一个更大的院落，中心又是一个不大的殿，是元化草堂了，取华佗的字为草堂名，有点儿双关之意。一个生活化的华佗塑像，百姓给他披黄戴红，正有妇女在敬拜他。大约如果不是进门要买票，前来烧香跪拜的百姓会更多，而眼前只有几个妇女，神情也显得很安静，与这宁静的院落还算相得，要不然，涌满香客，烟雾交加，那就跟寺庙里"初一月半"的景象一样了。这不大的华祖庵，越往里去，越让我们叹息，因为只有门口有一位管理员。管理风格也与此一致，较轻松，较大气，待人宽松。

女管理员解释了这几位妇女的存在，言下之意是说这几位妇女是附近百姓，准她们进来敬拜华佗是一种特殊的情况，这说法与我们的观察和估计是吻合的。那么，华祖庵这地方，是作为正规的纪念馆来管理好，还是实行与利益挂钩的好？说实话，就当时我们的体会，还是作为正规的纪念馆来管理为好，那几个敬拜华佗的妇女仿佛作为香客的存在，并不令人觉得协调，所以管理人员才觉得有点儿惶愧而向我们做解释。然而，百姓对华佗的崇拜和他们心中对华佗的祈盼，又如何能随时来对华佗表达呢？两全其美的设想只能是：既不能让百姓不易进门，又不能被弄得烟雾缭绕。

几个妇女敬拜华佗的殿的后面，写着"古药园"，隔开为另一院落。华祖庵里面有古药园，顺理成章，但我们心中并不对此抱很大期待，因为心知地方所限，不可能让我们看到遍地长满瑶草奇花的景象，尽管前面冠以了"古"字。这个估计是对的。然而，"古药园"字样在我们心中还是引起了一种很医药的感觉。还有洗药池之类的，设计与名称也是好的，唯有水质很差。

过亳州　181

然而，水虽不好，却有做得很大气别致的曲栏，曲折走去，一直通到后面一座楼前。这楼的上下，都无一个管理人员，对游人真是太放心了。但它却是赫赫然的中国医药文化博物馆。上楼去是自己摸黑找到开关的，开了灯看，赞叹不已，认为算得一流，设计现代而巧妙，做工精致而到位。这样一个了不起的博物馆摆在华祖庵后面，也是顺理成章，来了一个深化而漂亮的总结和收尾。

这样看过后，就明白了，如今这华祖庵，必是在古代留存基础上维护原貌而向纵深开拓发展的，并且注意保持了民族风格。进了华祖庵，既是经历一次对华佗的认识和纪念，同时也是一次跟古代庭院与园林的亲近，精神受到崇高洗礼，也收获了轻松愉悦的心情。

华祖庵里佳处还有它的诗壁。说起来真是有点儿因陋就简，它就做在青砖砌成的已经陈旧的围墙上，人们从同样陈旧的砖铺的小径上走过时，随时可以伫步而欣赏之，并没有专门做成碑林、碑园之类，也没有用钢筋水泥取代一切，不但不寒碜，不简陋，还保存着应有的文化气息，于素朴中给全体的园林风格添着美好的一笔，真是不可或缺。

不能说华祖庵尽善尽美，其前半部保持着的古迹，在如今显得有点儿不容易，给人很深的印象。设想如果来一位深层次谋大利的人，一举破坏这素朴和孤僻，而以给浑沌凿出七窍的精神大干一番，辉煌之、壮丽之、现代之，再到处竖上"小草有生命""文明旅游"之类的标牌，那么，结果可想而知。

三

离开华祖庵，就去寻找花戏楼，在当地老乡指点下，从一处临时的入口处进了去。所谓花戏，该是相对于雅戏而言，其实就是各种地方戏曲之总称。那么当年何以给这楼直接取名花戏楼呢？大约因为事实上那里流行的不是雅戏，而是花戏。我们到花戏楼那砖雕纷纭的门面一看，上面写着"关帝庙"，戏楼在里面。进去看了花戏楼，觉得很不错。《中国戏曲史》说，明清时的固定性剧场建筑，从数量到质量，都远远超过宋元时期，除了庙台之外，还有私人宅第戏台、宫廷戏台与营业性戏园。

这个景点，给人印象最深的，就是这个花戏楼。它做得真是精致，风韵依然，如果重新油彩一番，真可惊叹。戏台正中大书"演古风今"四字，直爽得很。在一般出将、入相之处，写的是"阳春""白雪"，却也别致。戏台两边的抱柱楹联深刻而工稳，富有文采，道是"一曲阳春唤醒今古梦，两般面貌做尽忠奸情"。郑板桥在山东潍县为官时，曾在城隍庙前"新立演剧楼居一所"，且勒碑记事，他在碑文中说，戏剧"演古劝今……其有功于世不少"。郑板桥为他主建的戏楼撰写了两副对联，一是，"切齿漫嫌前半本，平情只在剧终头"。二是，"仪凤箫韶，遥想当年节奏；文衣康乐，休夸后代淫哇"。都很不错。亳州立花戏楼在1676年，郑板桥建潍县戏楼在1752年。逢时过节，戏台一带吹弹歌舞，熙熙攘攘，醉太平的热闹劲儿可以想见。

花戏楼景点里面还有几处吸引游人，比如，有一处是纪念岳飞的，照例有昂然的岳飞坐像与跪地的秦桧夫妇像。亳州一带，当年也是宋金激烈交战之地。

从花戏楼后门出来，我们才从直观上弄清了花戏楼的地理方位与格局，它正好依傍着亳州新扩建的老街，这条街估计将会有很繁荣的前景。花戏楼面街之处，建了一个很大的牌坊，以及一个广场，叫作庙会广场，初具模样。看来，等到老街建成并且繁荣起来后，这个广场会发挥好些作用。人们进老街，过牌坊，步入广场，到花戏楼之正门，似有一种优美的节奏感，心情愉悦。

四

有关曹操的景点一时难找，踏上归程，却见到了曹操公园，于是停下来看。一个侧门，里面正在基建，我们穿过工地与杂草，好像急着要去见曹公似的。一下子看到了三个大墓，不用说，这算是曹氏父子墓，做得很大很大，

过亳州　183

前面有甬道，列有翁仲、石羊之类的石雕。说实话，曹公父子三人墓这样确然集中在亳州，不考证也能知道，这是不可能的。不知是设计原因，还是资金原因，或别的原因，总之地盘不小，正在草创。往里走，反而走到了正门，见到了曹公雕塑，做得也不精致。后面有个曹操纪念馆，进去看了的人说，虽没啥东西，但布展很好，堪与华祖庵的中国医药文化博物馆媲美。

于是，就又看了地下运兵地道，此处号称曹操运兵道，冠以曹操之名，似也就罢了，只不过尚未考证出真实的情况。砖砌得精致的地下运兵道堪称奇迹，反映着古人的智慧和力量。我们在其中走过，凉飕飕的。据说地下运兵道通向四面八方，很长，可以多方向进退其兵，目前开发出来的，只是其中一小部分。从地下运兵道出来，是有些纷乱的街道。

至此，在亳州的逗留，算是结束了。但还有一个问题没有回答，即历史人物曹操出自亳州，有其地域文化方面的根源或必然性吗？通过我们肤浅的、初步的感受，觉得这种根源和必然性是有的，至少可以举出两个方面：第一，亳州一带，春秋属陈蔡之地，四面平原，面对楚晋争强，其战争频仍，计谋周旋，是家常便饭。后来，陈国蔡国皆亡于楚，成为楚地。所谓逐鹿中原，不但春秋战国，秦末以来的战争也很频繁，亳州就处在中原之地，民情、民风受历史影响之深可想而知，曹操就在其中出生成长，他的智勇性格的形成当与此不无相关。第二，亳州一带，走出了老子、庄子，距离稷下之学所在的山东也不远，天下学术的来访切磋可以想见，这是一个有思想的地方。而《老子》一书，有称为兵书者，我们从《孙子兵法》"兵者，诡道"这句话可得以理解。老子讲柔弱胜刚强，当然也就与最讲灵活性变动性的兵法相通了。

鼋到底有多大？

依《辞源》所释，有一种鼋称为大鼋，其头有疙瘩，俗称癞头鼋。《礼记·月令·季夏之月》说"命渔师伐蛟……，取鼋……"，没说是哪种鼋，但把它与蛟相提并论，可见其体形不小。从《中庸》"鼋鼍蛟龙鱼鳖生焉"可见，孔子把鼋与鳄鱼齐观，而不与甲鱼并列。甲鱼美味，历史上因它而生"染指"一词，《左传·宣公四年》载：楚人献鼋于郑灵公，公以享诸大夫。子公入，食指动，公闻而弗予，"子公怒，染指于鼎，尝之而出"。郑灵公鼎里烧煮着的鼋，该是甲鱼。既然是楚人送来的礼物，个头一定适中，品相一定非常好，想来不会是把癞头鼋送来，那名字就不好听，个头也过大。

癞头鼋可以大到什么程度？郦道元《水经注》引《搜神记》载："齐景公渡于江沈之河，鼋衔左骖，没之。众皆惊惕。古冶子于是拔剑从之，邪（斜）行五里，逆行三里，至于砥柱之下，乃鼋也。左手指鼋头，右手挟左骖，燕跃鹄踊而出，仰天大呼……"可见，鼋可以大到就像鳄鱼咬住过河的长颈鹿、角马之类拖入水中一样。这里的鼋，当是癞头鼋。

如果把上述记载只当古代传说，那么再看一条记载：《熊龙峰刊行小说四种》之《雨花香》，有编写者自叙其所写都是近时之实事。其中有《倒肥鼋》一篇写道："彼时（指清兵在扬州大屠杀时）江上出有癞鼋，圆大有四五丈的，专喜吃人，不吐骨头。"又有一篇《洲老虎》写道："顺治某年，江都县东乡三江营地方，渡江约四五里，忽然涨出一块洲滩，约有千余亩，……只见屋大的一个癞头鼋，口如血盆，咬着儿扯去……"巨鼋虽被众人打退，但毕竟已经把那儿童吞食下肚半截。那么，即使排除夸张成分，当明末清初之时，长江里是有过很大的能够威胁到人类的癞头鼋的。这样看《搜神记》那条记载也就不算夸张了。

上溯到古代神话，《竹书纪年》说："周穆王大起九师，东至于九江，叱鼋鼍以为桥梁，遂伐越……"其事实基础只能是水中鼋、鼍二物十分庞大有力。鼍就是鳄鱼，在生态环境极其自然的情况下，那个头应当比现在最大的还要大。据关于黄帝时代的人的完整骨骼的考古报告说，那时的人比现在的人高大得多。那么，某些动物的个头大，更是可能的。既然古人把鼋、鼍二物同辈看待，那么鼋之大，可以用鼍之大来比拟。上述两个纪实性小说中说到的鼋，"圆大有四五丈"，"屋大的一个鼋"，显然不是说的鳄鱼，鳄鱼是长的，不是圆的，虽然它的古称鼍的读音近于"团"。

现在我们能见到的甲鱼之大，大约可以大到几十斤或上百斤，但大到古代所说的大鼋程度的，现在还没发现。如今是否还可能存在哪怕"圆大"只有一丈的大鼋，好像也不曾听说。如果古代有，那么现在是绝迹了。现在也不曾听说有发现古代大鼋的化石之类。因此《搜神记》一类关于大鼋的记载，也就仍有待考证。大鼋即癞头鼋，不知道哪里还有。真是令人"感慨系之"了。

设想在某种野生情况下，人如果在水下妨碍到几十斤上百斤的甲鱼，使它有被侵犯之感，那么被它咬住腿脚的可能还是有的吧？那是有点儿可怕了。不过这种情况也没有听说过，一来那么大的甲鱼少见，二来那样的情况也少见。

从人的好奇心来说，我们希望能见到周穆王、齐景公他们见到过并且还能转害为利的大鼋。这种想象，在《西游记》中有，其第九十九回老鼋把唐僧师徒四人并白马与取来的经书驮在身上过通天河，因为对他们有意见，就把他们全部抖落下河，客观上让他们受满了命中注定的八十一难，真是神话了。

韩愈的美诗

韩愈"天街小雨""雪拥蓝关"这些诗，不用看注释，就能体会其美。这美，一是得心情之美与景象之美，二是得语言声音等形式之美。所谓心情之美，无论是闲适的还是沉重的都行。所谓语言等形式之美，最好是无烦查典故看注释才好。

天街小雨润如酥，草色遥看近却无。
最是一年春好处，绝胜烟柳满皇都。

这样的诗是一目了然地让人觉得很好。如果稍加深入，则可想象作者心情定然也是很好的，而心情为何这样轻松自在而与春天的皇都自然融为一体，则可再做深入了解。原来，作者从前历经多次贬官，吃尽辛苦，重回朝廷之后，生活安定，做官也颇顺了，心情自然融入春天的美景，情景交融。此后一年作者就逝世了，这是他晚年的一首好诗，他从前许多丰富的或复杂的心情在晚年已归平淡，因此诗读来也有平淡的风格，正所谓"绚烂之极，归于平淡"，而读者甚至无须深入了解诗人的详情就能欣赏其诗而想象其人。读诗就是读诗，读者最不喜的就是一首诗不能一目了然。当然，已经一目了然了，如果又从而能对作者的情况加以了解，则能使欣赏更深入些，这也是应当肯定的。读诗如果遇到"复杂"，一般就会敬而远之。

一封朝奏九重天，夕贬潮州路八千。
欲为圣明除弊事，肯将衰朽惜残年！
云横秦岭家何在？雪拥蓝关马不前。
知汝远来应有意，好收吾骨瘴江边。

这首七律一读便进可感其美，这美的情感内涵不是"天街小雨"式的轻松愉悦，而是一种慷慨沉重。这美在形式上是音节特别铿锵，与诗中表达的感情内容自然地融为一体而相得益彰，令人击节而读。诗中的词语虽似脱口而出自然而然，却是千锤百炼不同凡响。"一封朝奏"与"夕贬潮州"，"九重天"与"路八千"，简洁明白深刻地表现着巨大的落差之感，作者正经历着这样从天上掉到地上、从朝臣变为罪官的巨大变化。而他这样遭到贬官，我们不用查注释也能想象不是因为他不对，是因为他敢于直陈忠言。可是他决不后悔，"欲为圣明除弊事，肯将衰朽惜残年"，多么坚持真理，多么大义凛然，这也是一种美，是人格美的表现。然而，如此不公正遭到贬官的景况毕竟悲凉凄惨，"云横秦岭"的苍茫前程，"雪拥蓝关"的严酷路途，都是眼前的现实。"秦岭、蓝关"这种地名已经意味着绝少人烟，而又"云横、雪拥"，其中意味真是冰冷堵塞心中。"家何在"，家已经不得不别离；"马不前"，就连马儿也感到了路途的可畏。一切都那么凄怆艰难。所以，作者也对这次贬官的结果做了最坏的思想准备，所以他对前来送行的侄孙惨然地说，你来远送是做好了为我收尸的准备的了。"知汝远来应有意，好收吾骨瘴江边"，作为这首诗的结尾，把全诗的沉痛沉重之感做一了断。但一切其实并未真正了断，云横的秦岭与雪拥的蓝关就在眼前，此次贬官的终点站潮州还在"八千"里外，一路不知还有多少艰难，而他总还得一步步挣扎着前去。虽然说到了"好收吾骨"，但并非就是甘心或绝望。抒发悲慨是胸中浩然之气的一种长啸，读来并不令人消沉，而是获得一种大义精神的感动。

说"陋"

在现代的语境里,"陋"字,一般用到它时,往往是与别的一个字组合在一起的,比如"丑陋""简陋"。有些无法形容的态度、意见之类的,也往往可以此字去说它陋!

比如,讨论旧戏《时迁偷鸡》,有人提出意见说:这戏演梁山泊好汉偷鸡,简直是污蔑了英雄,不能照旧这么演了,要改一改,戏中可说明这不是一只普通的公鸡,而是祝家庄用来报时辰的,偷走它可以让祝家庄在军事上失利,这样就不至于在舞台上有损梁山好汉的英雄形象。这样的意见,貌似"立场正确、适合时宜、考虑周到",让人有点儿不好反对。时迁在《水浒传》众好汉中,本来就是这么一个善偷的角色,何况自古以来有"鸡鸣狗盗皆有用之才"的说法,但要不赞成那貌似正确的意见,却是不容易,因为好像就把自己摆到对面的某种不正确的位置上去了,而提出那意见的人却稳稳地是"正确"的,但那种意见却只有一字可以形容它,就是陋。

又比如,讨论《活捉张三郎》这戏,有人认为,这戏的问题属于"鬼戏"倒在其次,问题是在"立场是非"上:在《水浒传》里阎婆惜的为人不足取,宋江对她有恩,她却与张三郎有私,并且要把宋江通梁山贼寇告到官府以害死宋江,以便成全她与张三郎。这样一个坏女人,怎么能在戏中表现她的鬼魂竟然有着对爱情的执着呢?这意见听上去也是"立场正确、适合时宜、考虑周到"的。但其实,《活捉张三郎》只是借用这一对男女来表现自身的故事与思想,即使并不知道《水浒传》里那段故事的观众,也仍然照样能欣赏这出戏。可是,那个"正确"意见,却让人不大好反对,一反对,自己倒好像站到"不正确"的立场上去了。那"正确"而很难开口去反对的意见,其性质,也唯有一个字可以形容它,就是陋。

好提出那种陋意见的,往往并非缺少文化知识,倒是好像要表现得是有

说"陋"　189

一点儿可贵的知识的,所以才叫人一时难以应付,而往往让那陋见占了上风,其结果决不会带来生动活泼、丰富多彩的局面。

上述两例见于署名"十堂"的《时迁偷鸡》一文。

东汉许慎释"陋"就是"狭隘"。但上述"陋"见,不是老老实实的狭隘,它首先出于不诚。清代段玉裁进一步释字说,"陋"就是"侧陋",《尧典》里就有"侧陋",是"隐藏不出者也"。这说得就有点妙了,原来那表面的陋,其实是有深处的东西的,只是掩饰和隐藏着。

侧陋之心定有其私心,若照着去决定属于公共的问题,那就会窒息了公共事业的生机。有趣的《时迁偷鸡》是演不成了,自有立意的《活捉张三郎》也演不成了。于是,一切就将被这种陋活活堵死。陋,说来简单,也显得无辜、无害,甚至天真,但其实并不简单。

"窃书"的由来

鲁迅任教育部佥事，是在1912年8月至1925年8月，他的小说《孔乙己》写于1919年3月。那么，正是在佥事的任上作的这篇小说。

孔乙己最著名的行为是"窃书"。他虽无秀才、举人一类的资格，却写得一手好字，于是就有人请他抄书，然而他每每"连人和书籍纸张笔砚"一齐失踪，这岂不令人生气？于是没人敢请他抄书了，他不免就"偶然做些偷窃的事"以糊口，虽然他在咸亨酒店的信誉还是好的，酒钱"从不拖欠"。孔乙己遭人嘲笑时，不承认"偷书"，辩解说"读书人的事，能算是偷么？"，只能说是"窃书"。这个号"偷书"为"窃书"，是"神来之笔"，以至成了名言。那么，它是作者灵感一动发明出来的呢，还是确曾得到过生活事件的启发？

这个难回答的问题，因了十堂先生一篇文章的介绍，似乎可以摸得到一点儿影子。情况如下：鲁迅在教育部的职位是佥事、科长，当时京师图书馆在其管辖之内，时有一位做过总长的名流性喜藏书，知馆内有一部宋版善本，渴求一见，于是做着科长的鲁迅在馆中安排一间净室让他阅览，不得外借。大约是这样阅读了个把天之后，名流说，需离开数日，书搁下，请来验收。于是鲁迅亲自来到，只见一切已收拾妥当，于是双方道别。鲁迅顺手打开那楠木书盒，却见里面是空的，这时可以说，一颗心突然就被无形的手提上了半空。那名流正心中有鬼，掉头一瞥，似见不妙，立即呵斥站在后面的仆人："混账东西，怎么没有把书放好！"那仆人连忙从网篮里把那宋版的书取出来，给放回了楠木书盒。接下来自然是"误会误会，哈哈哈"之类。鲁迅那被提上半空的心这才安放了下来，要不然，作为科长，又直接是自己接待的，其失职的罪过真是有点说不清了。

那么，这个惊恐的经历，使得鲁迅对于人心，对于名流，对于读书人，对于这样的偷书算不算偷,真是要"不可等闲视之"的了,不免来一个苦笑,再来一个摇头,嘴角上现出一丝讥讽的笑痕。

孔乙己的"窃书不能算偷"的辩解,以及生出这一辩解的智慧,不论鲁迅在以前曾否听说过,无论如何都当比不上这位名流在他面前的现实表演给他的刺激大、印象深,一来这名流来历不凡,名头极大,却做这样滑稽的事;二来这件有点儿滑稽的事其实是很恐怖的,倘若当时一个粗心放过,事后那真是"浑身长嘴也说不清"了。

所以,鲁迅写出孔乙己的名言"窃书不能算偷",要说是神来之笔吧,也不是神仙所赐,与他受那了不起的借书者的一回惊吓是有点儿关系的。

《聊斋》奇思

蒲松龄所作《聊斋》之《陆判》，是说阴间有一位姓陆的判官，与阳间的书生朱某结为好友，遂应朱某请求，为其貌不扬的朱妻暗换了头颅。蒲松龄执笔时，决然想不到三百年后有一位西方的外科医生宣布可做这个手术，并且不用借助鬼神。新闻报道称："针对此种科幻小说般的"手术，"其延伸出来的伦理道德问题"成了一种社会争议。

我们看到，在《聊斋·陆判》中，就写到换头术与伦理道德，乃至与法制方面会有的冲突。陆判作为鬼神，他有神力，可以做到常人不能做的事，但他既然是为常人办这件事，就不能不关涉人间的纠纷。首先，要为书生朱某之妻换一个头，这头从哪里可以得到？小说中是恰巧有一位官员人家的如花似玉的十九岁小姐，被闯入的无赖贼杀害。既有这样的事情，则人头是现成的了。于是，作为鬼神的陆判，在第一时刻就知晓此事，遂取来这小姐的头，给正在睡熟的朱妻换上。朱妻醒来，一番惊疑，终于接受了这件既神奇也很不错的事情。

陆判为朱妻换头这件事，引起轰动：其一是小姐被害，而人头失窃；其二是人们发现小姐的头竟然成了朱妻的头。于是朱某被疑杀害小姐，并且有换头的本领。朱某及其一家都被官府捉去审讯。这一问题的解决，并不是靠陆判出面澄清，而是靠被害小姐托梦，诉说她的冤死过程。于是，经官府捉拿案犯，案情大白。至于换头术是何人所为，朱某没有牵扯出陆判，托词说是妻子"梦易其首，实不解其何故"。

官司了结之后，朱某与这位侍御，"由此又为翁婿"，于是以朱妻之头与被害小姐之身合葬。小姐既得全身，而朱妻因有小姐之头亦得荣耀，于是圆满之至，其题目直可改为《皆大欢喜》，有如一部喜剧，只不过，是一篇"瞒"与"骗"的奇文。

这篇《聊斋》，其后半截故事说的是朱某虽有满腹经纶，在科举上却不得意，然而他死后却在阴间得官，地位不低于陆判，虽然是鬼域，毕竟也是一番荣华，且那阴间的官职，乃是玉皇大帝的任命，带有高于人间且永久的性质。而其在人间的子孙，后来皆大富大贵，绵绵不绝。

这篇小说借着穷书生朱某的得鬼术、获鬼运，一举而将其在人间的处境颠倒了过来，穷书生朱某一路取得仿佛是意外的辉煌。

侍御家小姐的头在朱家活着，小姐之身在安葬时是全尸，一切也只得罢了，虽然面子问题上该仍有点儿缺憾，但好在朱某到阴间后是做了大官的，两家终于是门当户对的了。在价值观上，蒲松龄圆得滴水不漏。

《陆判》得以写成，借助了一个知识错误，即朱妻之头被换成了小姐之头，怎能自认还是朱妻呢？原来，中国的古人认为"心之官则思"，人的思维来自人的心，这就是依据了。

猫鼬·蜣螂·政客

　　猫鼬天生的兴趣在于破坏鳄鱼所产的卵；蜣螂天生的兴趣在于抟粪成丸。李大钊由此而感慨："吁，今之政客，鸡鸣而起，孳孳焉日在恶浊之政海潮流中求生活，其兴趣不知较猫鼬之破鳄卵、蜣螂之弄粪丸何若耶？"对某种丑陋现状感慨万分，发出了极大讽刺。

　　他发这一大感慨之后，就从心理学上分析，那种下三流的兴趣之发生，或能供当时的愉快，或能有未来的希望。进而又从经济学上分析，或是消费的兴趣，当时就获愉快；或是能抱希望，是贮蓄的兴趣，将来可得报偿。他认为，政客的兴趣也无非是这些。

　　他说，辛亥之役以后，牛溲马勃之人，也依托这样的功名，去攫取爵禄，而旧日的官的势力，并没有"遽随专制之形影以灭"，于是，幸进之心就在这样的新的背景下兴起，把那为数很不多的议员座位当作新的官位去争取。这一分析，针对着上层社会的某种情况，让我们想到鲁迅的《阿Q正传》描写的当时下层社会的情况：一方面是阿Q到尼姑庙里去"革命"，这之前，"秀才和假洋鬼子"已经去革过了。尼姑无奈问阿Q，"你们要革得我们怎么样呢"。一方面是乡村中的封建旧势力人物，也"咸与维新"了，胸前挂起银桃子（议员徽章），却照样高高在上欺压民众。

　　李大钊认为，当时政客还有一兴趣所在，是黄金。他分析说，政客追求享乐奢靡的生活，所以需要黄金，而利用官权明敲暗剥，他们这方面的欲求何时止？那是终无满足之日的。

　　李大钊认为，在议员座位与黄金二者都追求不获的情况下，多数政客"荒奢逸惰之余，即或厌倦此生涯，亦不能去而之他。为生活计，尤不得不鬼混其间"。李大钊说，过着这样的日子，如果清夜自思，大约"尚不如猫鼬之破鳄鱼卵，蜣螂之弄粪丸"来得快乐而自在。于是他感叹道："嗟呼，政客之生活，为鬼混的生活；政客满民国，民国遂亦为鬼混的民国。"这种大失望，亦与《阿Q正传》同调，只不过一为观察上层政界情况而论，一为观察底层社会情况而言；一为理性分析的政论文章，一为形象刻画的小说作品。

李大钊说："凡有觉性之动物，孜孜兀兀，不少怠荒，以从事一种勤劳者，必有一种兴趣蕴于其间。彼既役于此兴趣，则虽一往直前，生死以之，罔有懔悟。……此纵下级动物，而所以成其奋勇不倦之精神，要有其兴趣可言，而亦为有味的生活也。"

李大钊年二十四岁时作这篇《政客之趣味》，对那积久的沉沉雾霾已具一扫之势。

洛水·莱茵河

《莱茵河女神》这首诗是1818年出生的一位德国少年作的，只是在家庭内部交流，其内容却让人联想到公元3世纪初中国一位青年的名作《洛神赋》。此二者都以人神恋为题材，而故事的经过与结局却全然不同。

在《洛神赋》里，对洛神一见倾心的青年诗人，虽知要"申礼防以自持"，却仍燃起热恋之情，但终于冷静认识到人神悬隔。神女既无法接纳他，他也无法到洛水里去与神女同在，一个只能永远"潜处于太阴"，一个只有"遗情想象，顾望怀愁"。他在洛水边"盘桓而不能去"的结果，是作了这篇赋，算是对这事做了交代。

《莱茵河女神》也写到水中神女的劝告："你只能听见我的声音，可要看见我，那可不成"，却反而使恋者"心中更扬起激烈感情，他想要亲眼见一见她，他没变得更冷静清醒"。他叫喊着"让命运不可抗拒地把我召唤，亲爱的女神啊，请让我能看见你那美丽的秀色，美丽的容颜"。这时，冥冥之中更有一种对他的警告："在哀求面前，她定会同意跟你见面，只是你一定会永远地，不再同自己的生命相见！"然而，恋者依然坚持着，于是女神出现了，"她一派庄重威严，随着波涛在飘荡"。这时，只见那恋人"冷静地投入深渊，从此已不复在人间"。

如果说，《洛神赋》是哀婉绵绵的悲剧，那么《莱茵河女神》是轰然激烈的悲剧。如果说《洛神赋》是抒情的，表达着无绝期的绵绵相思与遗憾，那么《莱茵河女神》是思想的，表达着一种投身理想的决绝的意志。

莱茵河，是欧洲一条诗意闻名的河流，瓦格纳的歌剧《尼伯龙根的指环》一开幕就是三个女神在河中嬉戏。瓦格纳1813年出生于德国，与上述《莱茵河女神》的作者是同时代同国度人。

在中国，则有梅兰芳以《洛神》做了自己戏剧表演的对象，唱道："缥缈春情何处傍？一汀烟月不胜凉……"其最后与剧中的痴迷恋人言道："殿下保重，小仙去也。"一言撒下了无限相思。

读《清忠谱》

《清忠谱》(作者李玉,明末清初人)这部戏,题材在当时可算仍是热的,不是写的古事,而是刚刚过去不久的事。写这件事的有名的短文,是《五人墓碑记》,此文多年前被收入中学语文课本里。《五人墓碑记》的写作,距离事情的发生,"其为时止十有一月耳"。

同一题材的《清忠谱》,作为二十五折的大戏,所需写作时间要多些。《清忠谱》之清,是用来形容那忠义之高、之纯、之烈,我们一旦能破除私心的遮蔽,就能让自己的精神充满了"清",从而会变得至大至刚,能为正义事业而视死如归。岳母在岳飞背上所刺四字"精忠报国",所要求于岳飞的,也就是这个意思。岳飞《满江红》词里既说"靖康耻",又说"臣子恨",在当时,国家利益的寄托,是在"忠君"名义下表达的。

《五人墓碑记》从"周公之被逮"说起,《清忠谱》也是从这里说起。《五人墓碑记》所歌颂的是五人,不包括周公在内。周公(周顺昌)是赋闲在家的官员,他因表达对魏忠贤及其势力的不满而被逮,成为吴(苏州)民群起抗争的直接原因,后来官府逮捕市民五人加以杀害,然而仅仅十一个月以后,伸张正义的《五人墓碑记》就写了出来,其所以能写出来并且公然勒石,是"圣人"(崇祯皇帝)即位,魏忠贤及其势力土崩瓦解。

我们要形象地了解《桃花扇》里马士英、阮大铖何以被复社文人侯方域等才子蔑称为"阉儿",而柳敬亭、李香君之类社会地位极低的人何以也站在复社文人一边。当马阮之流掌握了南明小朝廷,又何以要大肆迫害"东林""复社"的官员和文人,并且也就把明朝彻底玩完,即可一读《清忠谱》,以了解本属朝廷的天下官员(马阮在其内),如何拜太监魏忠贤为干爹,并且各地这样的干儿子官员,如何公然为魏忠贤建立生祠加以敬礼跪拜。既然皇上也只是睁只眼闭只眼,那么忠义的官员和人民也就只能看在眼里气在心里

碧清的河

了。这时，官员里却有周顺昌这样的清忠之人公然与魏忠贤势力抗争，当其遭到逮捕时，就激起民众同情，有颜佩韦、杨念如、马杰、沈扬、周文元这样的市民站出来加以阻挡，可见那时矛盾到了如何激烈的程度。

每谈到苏州，人们总想到吴侬软语，可是《五人墓碑记》与《清忠谱》却描写了苏州人的不屈和刚强。"上有天堂，下有苏杭。"我们有时会以为越人也是很弱质的，可是从卧薪尝胆的勾践到不屈的秋瑾和硬骨头的鲁迅，又让我们不能这样看越人。

秦汉简牍上的书法美术

秦汉简牍，可能当时在书写的时候都不曾当作书法作品，其中有的写得差些，有的较为严谨，也有的相当精彩，那种手执毛笔在竹简或木牍写下数言时的惬意神情与气息，都仿佛留在了那竹片或木牍上，沉埋地下2000多年后，被现在的人发掘出来，洗去污泥，重现光彩。那些文字里所含的内容，有的现在读来很费解，这也因为在一片小小竹简或木牍上写字，一定要文字精练，而这精练之中，有当时的默契会意、约定俗成，今人已难读懂。

从《简牍名迹选》观看那书法，觉得以前获得的对于书法的某种发展进程的一般说法，有的可以从这里得到认定，有的则似应有所修正。比如，从汉代简牍的实物图片上直观地看到，当时有的执笔书写者，情之所至而在书写速度与方法等方面不禁有所写意和带"草"起来，我们在简牍上直接发现了很漂亮的草书，几与世所见草书毫无二致。那当然是秦汉时的那位书写人一时灵性所至、快速运笔的产物，在所有竹简木牍中显得并不多见，十分珍稀，我们当然不能绝对地说此人一定是在章草基础上才有这样的发挥。这一情况，说明对"草书出于章"之说亦不可刻板理解。

似还有一个发现：觉得在某些简牍上可以看到魏碑，比如《张黑女碑》里某些独特的笔画，在这几片简牍上实在已经有着鲜明的表现，这是不同时代人的不约而同，还是写《张黑女碑》的人在他形成自己的书法时曾经接触过此类汉隶而加以了吸收运用？都存在着可能性吧。另外，又有一个发现，可称惊奇，就是有一书写这片秦简的人，竟然艺术创造力爆发，顺手在余下的空白处作了一个大写意的野禽，寥寥几笔，意态生动，也许可称较早或最早的大写意花鸟画吧！

以上所说，都称不上发现，某种艺术或笔法，古时就有零星出现，该是不奇怪的。

古代嘲医

几千年来，扁鹊、华佗、孙思邈、张仲景、李时珍……这些伟大的中医先生，都不是虚构出来的，但古代却也有人编出笑话嘲医，所嘲的当然是庸医，比如：

1. 冥王访名医。冥王令鬼卒访阳间名医，说，只要看门前无冤鬼者即是。鬼卒每过医门，则见冤鬼云集，后至一家，仅有一鬼门前彷徨，却原来，这是刚挂出行医招牌的。

2. 学游水要紧。一医为丧家所缚，趁夜下河逃走。其子正在家苦习医书，遂说：儿啊，医书且放下，第一着先要把游水学会。

3. 愿挨脚踢。樵夫担柴误触医士，医士怒举老拳。樵夫跪下说，宁可挨你脚踢。旁人不解，樵夫说，经他手就难活了。

4. 看上你了。一庸医娶妻生男女一双。一日，医死人家一子，遂以儿子相赔。又一日，医死人家一女，遂以女儿赔之，某日忽有人敲门，医生对妻子流泪说，看来是有人看上你了。

5. 医士迁居。一医士迁居，辞别四邻，无物可敬，每家奉药一贴相赠。众邻说，我等没病，不需要。医士说，吃了我的药，自然就有病了。

然而，热心治病救人并且医术高明的好医生总是有的。据某台报道，某山村小女孩生感冒，治疗后却躺在地上如蛇游走，也喜钻进阴凉角落，除母亲之外，人触之即咬，逮住活鸡生咬，遂被称为"蛇女"。有黑龙江孙守信、孙幼琴父女专程赶来，用针灸与中药给小女孩治疗，只20多天使其复归健康正常。他们离开时，小山村举行隆重欢送仪式。此事证明，中医和中药自有其神奇，应得继承与发扬。

自说《街民》

偶尔回看一眼《街民》，写得不多，只是多少记录着一些街民的大略的形象和生活情况，这成了本地老少读者有点儿喜欢的原因，心想我们平凡的生活也能写成一篇小说登上大雅之堂呢！人们像看老照片一样，尽管有点儿模糊，却愿意看一眼曾经的生活的影子。

从《街民》中可以看到，小城日常生活与农村乡镇有很多共同点。作为古城，它2000多年来该就是这样的了，比如，要挑水吃，或者到井上，或者到河边；家家烧饭用的是锅灶，要购买柴草；家家有个茅缸，于是有来收粪的。一切透着农业社会大背景的性质，自成秩序，这一切至少到20世纪60年代以后才逐渐改变。不过，城市就是城市，它大于"祝家庄、曾头市"之类的，这在《水浒传》中写得层次分明，即使远在《史记》中也能见到其大略。于是，街民与镇民有所不同，与村民更有不同，俗话说，各庄各乡风，若写进文学，自然各有其风味，而要来说清它，却是很难。

《街民》每篇写得很短，首发在1987年第6期《收获》的是八个小篇，放在中篇小说栏里。这一栏里另外三个作者才华很大，属于自豪的"八十年代新一辈"，到"二十年重相会"的时候，他们各自声名显赫，我算是半路扒上火车的一个年纪大的文学贫困人口，下车坐到路边休息了一下而另谋生路了。

以后《街民》又有一组发在《雨花》，有一组发在《清明》。这样的《街民》以后没有再接着写下去，原因主要是生活积累稀薄，也觉得照样写下去未必还有意思，而如何深入和扩展，蹉跎至今没有眉目。从前对于文学创作有生活、思想、艺术三个方面的分析，《街民》的写与停，原因也不外在这三个方面。

从生活上说，《街民》写的是我从小生活其中的环境和耳目所及的人们，主要也就是在我的不大的范围浮光掠影的所见,多年以后不知为何从脑海里回想出来,感到似乎有点儿意思,梦一样地移到纸面上来了。

《天福》里在可怕的雷雨之夜天福和大娘到二娘房里陪伴孤独的恐惧的二娘,这全出于笔尖下的想象,至于人家内里真实的存在如何,在人家大门里,那是不知道的。

要说我对《天福》这篇作品的不满意,也有,就是感到素材虽不丰富,写下来却又感到笔下嫌具体,如何能做到写来虽然实在却又全然是空灵化或精神化的,却也是个难题。

《阿春》这篇,出于素材的少,出于想象的多,从一个来自乡村的朴实妇女眼中,同情地看一个娇小可怜的妓女,写得浮光掠影,意味却曾得到读者称赞,自我感觉也良好。意味既在环境的交代,又在人物的身上,也在遣词造句与把控上,凭着感觉走,笔到意到、意到笔到。

《街民》一小篇主写一个人物,自然地附带着有关的人物。《阿春》主要出于想象,其他多半有生活的原型,比如《楚爹》《汪家》《胡驴子》《张二》《张仙》《田二》。

回头看起来,自己觉得满意的不多,而觉得有所满意的在于多少写出了有意味的真实,或在真实中写出了某种意味,反之,若意味寡淡,则自己也觉得勉强。意味就是对生活的感觉,却又不是对生活有所记忆照样写出来就有。《文心雕龙·神思》的"神与物游""窥意象而运斤"这些话大约能解释"意味"二字。"游"字源于庄子,如果游不进去,游不起来,笔下就滞涩不活、意味不出。

也曾有读者夸奖过《街民》里的细节描写。当细节好像会自动地涌到笔下来,这时的写作感到形神俱到、轻松得趣、笔下"游"得快活,比如张二如何为人挑水和他的水桶、胡驴子的简陋的小屋、毛猴的一系列平凡的经历和薛家烧饼店两个师傅如何搓揉面团以及半个身子探进炉子做那大炉烧饼。如果感到有些硬写,笔下也就不流畅。《天福》开头的笔调,"天福是个人。早几十年,也是布店的店号"。《汪家》开头的笔调:"一对夫妻。男的姓汪,女的也不知姓什么,人称汪大奶奶。"写时也觉得有点意思。

我写《街民》是因对以往有所回望,就做起了文学梦。比如《楚爹》这篇,就是街边在自家门口做着小生意的一位老人的写照,多少年在那门前走过去走过来多少趟,视而不见,认为无意义,不去多想,更从不认为那跟写小说有关。既然写《街民》了,平凡岁月里沉淀到无意识中去的生活印象复活了,生动起来了,于是衍生出大概的故事情节,但意思不在此,而在叙事里的生趣和意味。少儿们如何白天在那里看小人书,晚上在那里快乐游戏,那老人在无意中正是在那里伴随着儿童们白天和晚上的一些时光的。当忆起这些平凡生活情景并且把它"小说"出来,就不免起着无以名之的愉悦和感慨,体会到生命的流逝和作为生活的曾经的存在,即使它在物质上可形容为简陋与寒伧。然而,当时它真切自得、平凡安静、满满的人性和生趣,有其难以言说的人间的味道,回顾起来也有所感动,觉得些美感。

苏州大学研究散文的专家范培松教授曾经说,"小说就是小说说"。现在,拨开岁月的尘埃,以他这句名言来观照小小拙作《街民》,确实也就都只是"小说说"。不过,像《水浒传》这样的,大约不能称为"小说说"了。尽管《水浒传》所由来的生活要比小说本身更丰富而广大,但《水浒传》作为生活的集中而凝练的写照,它却是能意味着那全体的生活的。

《街民》充其量可比于自己玩的小盆景,也想多多地制作出来,以摆成一角小花园,由于材料不足,构思贫乏,目前还只有这么几盆,中看的也不多,蜷缩一角已经落满灰尘,快要成为垃圾,苏中地区的"里下河文学"的讨论给予洒水除尘,翟明总编借《泰州晚报》"坡子街"栏目招徕参观和指点,荣幸之余,愧则有加。

汪先生发表小说《受戒》的 1980 年,我知青回城安身不久,于是闲来试写小说,写了《明天》《主人》《前途》《王山轶事》几篇,都是所谓农村题材,发表在《奔流》《雨花》《钟山》后来又写了些别的,1987 年不知为何写起《街民》来。那时我是读过汪曾祺《受戒》和《大淖纪事》的了,受到影响是肯定的。此外,邓友梅小说《那五》的文化气息,阿城的《棋王》的仙风道骨，还有崛起的现代派小说实验，都曾令我瞩目，有些作家以七八个小篇作一束发表这样的形式，在当时也属新鲜。另外，柳宗元、归有光、蒲松龄的文章，鲁迅小说的乡土风情的刻画渲染，我也都有留意。文坛上20世纪80年代中后期小说创作向深广进展，在写法上也渐多创新不拘一格，文学潮流有奔涌之势，《街民》是作为杂碎泡沫，在潮流的边儿上跟着往前淌。

《街民》后来被认为有点儿"汪味儿"，素不相识的远在广西的温存超老师曾写了一篇文章《当今小说创作的一个侧面——析〈岁寒三友〉〈贤人图〉和〈街民〉》，发表在《河池师专学报（文科版）》1990年第一期上，那么他大约是因为看到了1989年《小说选刊》上我的三篇"街民"，于是有感而发。他把我归附在汪先生和聂鑫森的后面，归为一类，甚感荣幸。

我有时想，我写的这些《街民》也许只可称为"素描""速写"，虽然它们并不是当时就写或描下来的。我感到全凭想象并且有所展开的也许更能称为小说，比如1981年发表在《雨花》上的《前途》。那时我供职黄沙仓库，我的一位老同学与某校邻居，说那里有个工友，显然来自农村，十分勤劳，整天干活不停，不管见了啥人都一脸笑嘻嘻，于是我就写了这个短篇，刻画出一位在城上打工的农友，其实至今我一步也没有到那里去过。后来，那个"笑嘻嘻"本人大老远从东郊摸到西郊我供职的沙库，当然是要看我这个"写了他"的作者一眼，却也无话，彼此一笑，莫逆于心。

1988年《新华文摘》的一篇"街民"《胡驴子》选的是《收获》上的。人民文学出版社的《1989年短篇小说选》与作家出版社的《新笔记小说选》上的几篇"街民"，大约都是从1989年第8期《小说选刊》上移过去的。我的习作《街民》的文学实验差不多也就这时算是终止了，古人叫作"才尽"。

结语：平凡街民，老实生存。旁观的眼，叹息的心。实笔写意，如此而已。